乾偉 典藏

二〇〇二年四月十八日

勝鬘經

中國佛教經典寶藏精選白話版

67

王海林釋譯

星雲大師總監修

佛光山宗務委員會印行

總序

自讀首楞嚴，從此不嚐人間糟糠味；
認識華嚴經，方知己是佛法富貴人。

星雲

誠然，佛教三藏十二部經有如暗夜之燈炬、苦海之寶筏，爲人生帶來光明與幸福，古德這首詩偈可說一語道盡行者閱藏慕道、頂戴感恩的心情！可惜佛教經典因爲卷帙浩瀚，古文艱澀，常使忙碌的現代人有義理遠隔、望而生畏之憾，因此多少年來，我一直想編纂一套白話佛典，以使法雨均霑，普利十方。

一九九一年，這個心願總算有了眉目，是年，佛光山在中國大陸廣州市召開「白話佛經編纂會議」，將該套叢書訂名爲《中國佛教經典寶藏》。後來幾經集思廣益，大家決定其所呈現的風格應該具備下列四項要點：

一、**啓發思想**：全套《中國佛教經典寶藏》共計百餘册，依大乘、小乘、禪、淨、密等性質編號排序，所選經典均具三點特色：

1歷史意義的深遠性

2中國文化的影響性

3人間佛教的理念性

二、**通順易懂**：每册書均設有譯文、原典、注釋等單元，其中文句鋪排力求流暢通順，遣詞用字力求深入淺出，期使讀者能一目了然，契入妙諦。

三、**文簡義賅**：以專章解析每部經的全貌，並且搜羅重要章句，介紹該經的精神所在，俾使讀者對每部經義都能透徹瞭解，並且免於以偏概全之謬誤。

四、**雅俗共賞**：《中國佛教經典寶藏》雖是白話佛典，但亦兼具通俗文藝與學術價值，以達到雅俗共賞、三根普被的效果，所以每册書均以題解、源流、解說等章節，闡述經文的時代背景、影響價值及在佛教歷史和思想演變上的地位角色。

茲值佛光山開山三十週年，諸方賢聖齊來慶祝，歷經五載、集二百餘人心血結晶的百餘册《中國佛教經典寶藏》也於此時隆重推出，可謂意義非凡，論其成就，則有四點成就可與大家共同分享：

一、佛教史上的開創之舉：民國以來的白話佛經翻譯雖然很多，但都是法師或居士個人的開示講稿或零星的研究心得，由於缺乏整體性的計劃，讀者也不易窺探佛法之堂奧。有鑑於此，《中國佛教經典寶藏》叢書突破窠臼，將古來經律論中之重要著作，作有系統的整理，爲佛典翻譯史寫下新頁！

二、傑出學者的集體創作：《中國佛教經典寶藏》叢書結合中國大陸北京、南京各地名校的百位教授學者通力撰稿，其中博士學位者佔百分之八十，其他均擁有碩士學位，在當今出版界各種讀物中難得一見。

三、兩岸佛學的交流互動：《中國佛教經典寶藏》撰述大部份由大陸飽學能文之教授負責，並搜錄臺灣教界大德和居士們的論著，藉此銜接兩岸佛學，使有互動的因緣。編審部份則由臺灣和大陸學有專精之學者從事，不僅對中國大陸研究佛學風氣具有帶動啓發之作用，對於臺海兩岸佛學交流更是助益良多。

四、白話佛典的精華集粹：《中國佛教經典寶藏》將佛典裏具有思想性、啓發性、教育性、人間性的章節作重點式的集粹整理，有別於坊間一般「照本翻譯」的白話佛典，使讀者能充份享受「深入經藏，智慧如海」的法喜。

今《中國佛教經典寶藏》付梓在即，吾欣然為之作序，並藉此感謝慈惠、依空等人百忙之中，指導編修；吉廣輿等人奔走兩岸，穿針引線；以及王志遠、賴永海等大陸教授的辛勤撰述；劉國香、陳慧劍等臺灣學者的周詳審核；滿濟、永應等「寶藏小組」人員的匯編印行。由於他們的同心協力，使得這項偉大的事業得以不負衆望，功竟圓成！

《中國佛教經典寶藏》雖說是大家精心擘劃、全力以赴的鉅作，但經義深邈，實難盡備；法海浩瀚，亦恐有遺珠之憾；加以時代之動亂，文化之激盪，學者教授於契合佛心，或有差距之處。凡此失漏必然甚多，星雲謹以愚誠，祈求諸方大德不吝指正，是所至禱。

一九九六年五月十六日於佛光山

編序

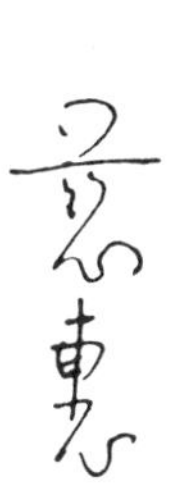

敲門處處有人應

《中國佛教經典寶藏》是佛光山繼《佛光大藏經》之後，推展人間佛教的百冊叢書，以將傳統《大藏經》菁華化、白話化、現代化爲宗旨，力求佛經寶藏再現今世，以通俗親切的面貌，溫渥現代人的心靈。

佛光山開山三十年以來，家師星雲上人致力推展人間佛教不遺餘力，各種文化、教育事業蓬勃創辦，全世界弘法度化之道場應機興建，蔚爲中國現代佛教之新氣象。這一套白話菁華大藏經，亦是大師弘教傳法的深心悲願之一。從開始構想、擘劃到廣州會議落實，無不出自大師高瞻遠矚之眼光；從逐年組稿到編輯出版，幸賴大師無限關注支持，乃有這一套現代白話之大藏經問世。

這是一套多層次、多角度、全方位反映傳統佛教文化的叢書，取其菁華，捨其艱澀，希望既能將《大藏經》深睿的奧義妙法再現今世，也能為現代人提供學佛求法的方便舟筏。我們祈望《中國佛教經典寶藏》具有四種功用：

一、是傳統佛典的菁華書——中國佛教典籍汗牛充棟，一套《大藏經》就有九千餘卷，窮年皓首都研讀不完，無從賑濟現代人的枯槁心靈。《寶藏》希望是一滴濃縮的法水，既不失《大藏經》的法味，又能有稍浸即潤的方便，所以選擇了取精用弘的摘引方式，以捨棄龐雜的枝節。由於執筆學者各有不同的取捨角度，其間難免有所缺失，謹請十方仁者鑒諒。

二、是深入淺出的工具書——現代人離古愈遠，愈缺乏解讀古籍的能力，往往視《大藏經》為艱澀難懂之天書，明知其中有汪洋浩瀚之生命智慧，亦只能望洋興歎，欲渡無舟。《寶藏》希望是一艘現代化的舟筏，以通俗淺顯的白話文字，提供讀者遨遊佛法義海的工具。應邀執筆的學者雖然多具佛學素養，但大陸對白話寫作之領會角度不同，表達方式與臺灣有相當差距，造成編寫過程中對深厚佛學素養與流暢白話語言不易兼顧的困擾，兩全為難。

三、是學佛入門的指引書——佛教經典有八萬四千法門，門門可以深入，門門是無限寬廣的證悟途徑，可惜缺乏大衆化的入門導覽，不易尋覓捷徑。《寶藏》希望是一支指引方向的路標，協助十方大衆深入經藏，從先賢的智慧中汲取養分，成就無上的人生福澤。然而大陸佛教於「文化大革命」中斷了數十年，迄今未完全擺脫馬列主義之教條框框，《寶藏》在兩岸解禁前即已開展，時勢與環境尚有諸多禁忌，五年來雖然排除萬難，學者對部份教理之闡發仍有不同之認知角度，不易滌除積習，若有未盡中肯之辭，則是編者無奈之咎，至誠祈望碩學大德不吝垂教。

四、是解深入密的參考書——佛陀遺教不僅是亞洲人民的精神皈依，也是世界衆生的心靈寶藏，可惜經文古奧，缺乏現代化傳播，一旦龐大經藏淪爲學術研究之訓詁工具，佛教如何能紮根於民間？如何普濟僧俗兩衆？我們希望《寶藏》是百粒芥子，稍稍顯現一些須彌山的法相，使讀者由淺入深，略窺三昧法要。各書對經藏之解讀詮釋角度或有不足，我們開拓白話經藏的心意卻是虔誠的，若能引領讀者進一步深研三藏教理，則是我們的衷心微願。

在《寶藏》漫長五年的工作過程中，大師發了兩個大願力——一是將文革浩劫斷滅將盡的中國佛教命脈喚醒復甦，一是全力扶持大陸殘存的老、中、青三代佛教學者之生活生機。大師護持中國佛教法脈與種子的深心悲願，印證在《寶藏》五年艱苦歲月和近百位學者身上，是《寶藏》的一個殊勝意義。

謹呈獻這百餘册《中國佛教經典寶藏》爲　師父上人七十祝壽，亦爲佛光山開山三十週年之紀念。至誠感謝三寶加被、龍天護持，成就了這一椿微妙功德，惟願《寶藏》的功德法水長流五大洲，讓先賢的生命智慧處處敲門有人應，普濟世界人民衆生！

目錄

題解

《勝鬘師子吼一乘大方便方廣經》，意思是美髮夫人師子吼一樣無畏演說的唯一佛乘宏大善巧教法的理正言博大乘經。勝鬘，即美髮，是勝鬘夫人的簡說，勝鬘夫人是古印度阿踰闍國（Ayodhyā）王的妻子；師子吼，即獅子吼，比喻佛家宣說佛法無所畏懼；大方便，說佛家教化衆生所運用的方法非常善巧；方廣，大乘經的通稱，意思是理正言廣。

本經的編集者，就像其他的許多大乘經編集者一樣，是古印度一定時期某些大乘教團的學者群體，爲闡揚一定的大乘教義理，整理編集的。編集者可能屬於龍樹（Nāgārjuna，公元一五〇——二五〇年）之後，與彌勒（Maitreya，公元二七〇——三五〇年）、無著（Asaṅga，公元三一〇——三九〇年）爲代表的瑜伽行派（Yogācāra）教團並立的某大乘教團，這個教團的活動區域，根據經中人物勝鬘夫人所在國提示的記載，可能是以印度中部的阿踰闍國爲中心。

對本經編集年代的推斷又是與對編集者的稽考聯繫著的。印度佛教史上的著名論師，大都能確切考定，他們的傳教和著述活動不僅反映著佛教的具體發展，也影響著佛教的發展趨勢。諸佛經的思想特點、理論取向、價值觀念、文學氛圍、語言系統各各不同，並有明顯的遞嬗次第，而這一切大抵與著名論師為代表的可考定的論師個人或群體的學術著述特徵相對應。經過綜合性的研究，可以推斷本經約產生於公元四世紀，即晚於《華嚴經》、《法華經》、《維摩經》的產生年代和龍樹活動時期，早於《解深密經》、《入楞伽經》的產生年代和無著活動時期。

《華嚴經》將佛教唯心立場從對諸法的專注考察（如中道緣起、妄心緣起、業感緣起論等）轉移到對主體心性的專注探尋（如淨心緣起論），《維摩經》復強化了《華嚴經》的理論趨向，提出「行於非道，是為通達佛道」❶，「以意淨故得佛國淨」❷。但是淨心究竟怎樣緣起的，即它的機制和行運究竟如何？《華嚴經》、《維摩經》以及同時代論師著述都不甚周詳，缺乏完成這一任務的歷史條件和理論條件。四世紀初，作為佛教中心的摩揭陀（Magadha）的旃陀羅笈多（Candragupta）於公元三二〇年建立了笈多王朝，並統一了全印，實行了強國的文化政策，無論佛教、婆羅門教還是梵文文學都得到繁榮。笈多王朝規定梵語為公用語，佛教為適應社會和傳播的需要，撰著經籍時也放棄了原用的俗語或俗、梵混用語而使用梵文。經籍用語的梵文化，促使精英宗教（Elite religion）的成分日益增強，於是重義理思辨的理性化佛學阿毘達磨（Abhidharma）即論部，在大乘系統中得到空前發展。

統一的王朝爲了振興政治經濟文化，大乘教法自身的理論發展，都需要推進更能體現大乘精神的自性清淨緣起和如來法身普在的學說，而論部的發展和完善又爲推進這方面的學說準備了研究人材、理論方法和理論工具，結果是如來藏緣起、阿賴耶識（Ālaya）緣起的義理應運而生，它們先後分別從不同的側面探索了淨心緣起的機制構成、運行的微妙，比較充分地發揮了佛學思辨優勢。《勝鬘經》是如來藏緣起說的代表作，《解深密經》則是阿賴耶識緣起的代表作。

然而，《勝鬘經》基本上還是承襲了傳統經典的「向上門」趨向，即由末追向本，專注理想的佛性涅槃。眞正另闢蹊徑的還是《解深密經》，它具有系統、精細的特色，並具體地描繪了心性雜染的機制與行運過程，同時也對如來藏義從唯識角度作了獨特的闡釋。這就是爲什麼說《勝鬘經》晚於《華嚴經》而早於《解深密經》的主要根據。

公元五世紀初，《勝鬘經》就傳入了我國，但譯本卻並不多，藏文譯本僅有一種，由勝友、善帝覺、智軍合譯，編入了《大寶積經》裏，共二卷，今存。漢文譯本也只有三種，而且還佚失了一種，佚失的是北涼．曇無讖在玄始年間(約公元四一二——四二八年）譯出的一卷本《勝鬘經》。今存的兩種譯本是劉宋．求那跋陀羅（Gunabhadra，公元三九四——四六八年）於元嘉十三年（公元四三六年）譯的《勝鬘師子吼一乘大方便方廣經》一卷，唐．菩提流志（Bodhiruci，翻譯年代公元六九三——七一三年）於神龍二年至先天二年（公元七〇六——七一三年）間譯出的《勝鬘夫人會》一卷。

本書注譯採用的是劉宋譯本，因為劉宋本更接近梵文本面貌，在漢地更為流行，而且唐譯本也多參照了劉宋譯本。

劉宋譯本的譯者求那跋陀羅是南北朝時期最著名的佛籍翻譯家，中印度人；因為他修習大乘，又稱他是摩訶衍那（Mahāyāna）。宋文帝信奉佛教，尊崇印度高僧，求那跋陀羅在元嘉十二年（公元四三五年）抵達廣州後，即被宋文帝請到建康，住在祇洹寺。他譯的經有《雜阿含經》、《勝鬘經》、《楞伽經》、《相續解脫經》、《無量壽經》等。有賴他的譯事，印度大乘在笈多王朝時代的新學及時地傳入了東土，《勝鬘經》、《楞伽經》中的如來藏緣起的思想立即對南朝佛學產生了影響；《相續解脫經》其實就是《解深密經》的最後兩品〈地波羅密多品〉、〈如來成所作事品〉，這就使中國佛教徒開始接觸到印度瑜伽行派的唯識論（Vijñānavādin）。

本經有《頻伽藏》本、《磧砂藏》本、《龍藏》本、《房山石經》本、《大正藏》本，常熟刻經處本和金陵刻經處本。

本書釋譯所採用的版本爲金陵刻經處本，該版本校勘之精密爲世所公認。金陵刻經處，創立於光緒二十三年（公元一八九七年），是一個出版、發行佛籍的專門文化機構。它標幟著中國佛學近代發展階段的開始，從此以後，中國佛學家研究佛籍大都以它的版本爲底本。金陵刻經處的創始人楊文會（公元一八三七——一九一一年），號仁山，安徽石埭人，是中國近代佛學的開山鼻祖之一。

本經的主要內容，述佛陀在給孤獨精舍（Jetavana Anāthapiṇḍikassa Ārama）時，舍衛城（Sūvatthī）波斯匿王（Prasenajit）和末利夫人（Mālika）致信女兒勝鬘夫人，在信中讚頌佛的功德，引導女兒歸佛上進。勝鬘夫人得信，歡喜說偈，禮請如來，佛即現身。於是佛爲勝鬘夫人作授記，預言她將來成佛號普光如來，並爲她講授佛法。勝鬘夫人在佛的教言啓迪下，當即對佛法義理進行了推闡演說，經文的主要內容大都是通過她的口講述出來的。

全經共有十五章，除最後一章是總括全經內容外，其他各章分別闡說所謂十四義，即如來眞實義功德、十受、三願、攝受正法、一乘、無邊聖諦、如來藏、法身、空義隱覆眞實、一諦、一依、顚倒眞實、自性清淨、如來眞子。主要內容是通過佛乘的了義與二乘（聲聞、緣覺）不了義的全面對比，宣諭了三乘歸入一乘的博大精神，並在此基礎上闡揚了如來藏精深義理。

本經在印度佛教史上和中國佛教史上都具有重要地位，被佛學家公認爲如來藏緣起論的代表作。它具有承上啓下的作用，它上承《法華經》「三乘方便、一乘眞實」和《華嚴經》「清淨心妙有」的思想，並將這兩者巧妙地結合起來；下啓瑜伽行派《解深密經》阿賴耶識緣起論，本經對如來藏「在纏中」的凸出論述，促使了《解深密經》重視對阿賴耶識如何開展雜染現實世界的研討。

本經在學術上的創造，主要體現在如下四個方面：

㈠發展和完善了如來藏義理。如來藏的概念本是由《如來藏經》最先提出的，但它講得很籠統，而且主要講的是所攝義，即如來藏衆生；強調的是一切衆生皆有如來藏性，這不過是將「一切衆生皆有佛性」或《華嚴經》「清淨法身充遍全法界」換個說法而已。《勝鬘經》則全面論述了如來藏的所攝義、在纏義（即眞如被客塵煩惱隱覆）、能攝義（即具足諸佛所有一切功德）。

㈡凸出了如來藏在纏義。在不改「向上門」的前提下強調了「向下門」，並有意識將二門有機地結合起來，從而爲「一切衆生皆有佛性」的大乘旨義建立了較實在的理論。

㈢提出空如來藏、不空如來藏二空義。將《法華經》的亦空亦有或非空非有的思想與如來藏義理結合起來，對空宗、有宗學說的拓展都有裨益。

㈣將三乘歸入一乘的義理與如來藏義理有機地揉合，從而將大乘理想的究竟義與如來藏信行的方便義結合起來，進一步弘揚了大乘精神。

本經一傳至東土並經翻譯，便即盛行起來，南北兩地名僧作序作注歷朝不絕，以致梁武帝也爲它作了《別釋》。儘管自宋代以後，對本經的講習注疏由盛轉衰，但佛家仍一直將它列爲重要經典。公元一九八九年，中國佛學院重編《釋氏十三經》❸時，還特地將《勝鬘經》選入。

注釋：

❶《維摩詰所說經注・佛道品》，金陵刻經處本。

❷《維摩詰所說經注・佛國品》，金陵刻經處本。

❸本世紀初，上海佛學書局爲適應一般人研學佛典的需要，仿照儒學十三經，編輯出版了一部《釋氏十三經》，頗受歡迎。公元一九八九年，中國佛學院重編了《釋氏十三經》，由書目文獻出版社影印出版。

經典

1 如來眞實義功德章

譯文

這部經是我聽釋迦牟尼佛親口這樣說的：

那時候，釋迦佛住在舍衛國的祇樹給孤獨園。當時波斯匿王和王妃末利夫人信仰教法爲時不久，一日互相談著：「勝鬘夫人是我們的女兒，她聰明智慧生性穎利，通達靈敏容易悟解。如讓她見到佛陀，親自聽受佛陀教導，她一定能很快理解佛法義理，從心裏領受崇信不疑。我們應該在適當的時候派人送信給她，啓發她修佛道的心意。」

末利夫人說道：「現在正是時候。」

於是波斯匿王與末利夫人給勝鬘寫信，概略地寫上讚頌釋迦如來無上功德的話。寫完後，立即喚來內宮名叫旃提羅的侍從，命令他派人帶信到無鬥國。信使一行進入無鬥國宮殿，恭敬地將信送給勝鬘夫人。勝鬘夫人非常歡喜，行五體投地的大禮恭敬受信，閱讀背誦，領會憶悟，產生不可思議的依佛心念，感動地對旃提羅唸起了頌詩：

我聽到了佛陀的音聲，那是世上從未聽說過的，
佛陀說的絕對眞實的法義，我要恭恭敬敬供養！
我唯一敬仰的佛世尊啊！您無時無處不在世上顯現，
也應該大發慈悲憐憫我，一定要讓我能夠見到您。
正當我心裏念著想見您時，佛陀啊！頓時在空中顯現，
大放光明普天淨潔耀眼，顯示著無比的勝妙身相。
我和我的親眷隨從，一個個向您行五體投地大禮，
並都以清淨心，讚歎佛眞實的功德。
如來啊！您那勝妙的形相，人世間沒有誰能與您相等，
眞是無可比擬、不可思議，所以我今天向您敬禮。
如來啊！您的形相勝妙無盡，您的智慧也勝妙無盡，
一切佛法永遠聚在您身上，所以我毫不猶豫地歸依您。

您已降伏惡的心念，以及他們身體所做的四種過惡，
已離去身心的一切過患，而到達佛境，所以我要向您持法至上的如來敬禮。
您了知一切，生一切智慧，身具有無量智，無煩惱通達無礙，
攝取保持一切妙法，所以今天我向您敬禮。
敬禮超越稱量的如來，敬禮無可譬喻的如來，
敬禮佛法無邊的如來，敬禮難以思議的如來！
請發悲憐用佛光照我，用佛力護我，使我心裏的法種快快萌芽增長，
不管是現世還是來世，佛啊！願您常常攝救教化我。
我歸依您門下依法修行很久了，遠在前世我就開始覺悟，
今世我又受到您的攝救教化，來世我還是歸依您的門下。
我已經努力依佛法修下功德，在現世當下，在有生之年，
我以如是衆多的功德善根，惟有祈願佛來攝救教化我！

原典

如是我聞❶：

一時，佛住舍衛國祇樹給孤獨園❷。時波斯匿王及末利夫人❸，信法未久，共相謂言：「勝鬘夫人❹是我之女，聰慧利根，通敏易悟。若見佛者，必速解法，心得無疑。宜時遣信，發其道意。」

夫人白言：「今正是時。」

王及夫人與勝鬘書，略讚如來無量功德❺。即遣內人名旃提羅❻，使人奉書至阿踰闍國❼，入其宮內，敬授勝鬘。勝鬘得書，歡喜頂受❽。讀誦受持，生希有心❾，向旃提羅而說偈言：

我聞佛音聲，世所未曾有，
所言眞實者❿，應當修供養⓫！
仰惟佛世尊⓬，普爲世間出⓭，
亦應垂哀愍，必令我得見。

即生此念時，佛於空中現，
普放淨光明，顯示無比身。
勝鬘及眷屬[14]，頭面接足禮[15]，
咸以清淨心，歎佛實功德。
如來妙色身[16]，世間無與等，
無比不思議[17]，是故今敬禮。
如來色無盡，智慧亦復然，
一切法常住，是故我歸依[18]。
降伏心過惡，及與身四種[19]，
已到難伏地[20]，是故禮法王[21]。
知一切爾炎[22]，智慧身自在，
攝持一切法，是故今敬禮。
敬禮過稱量，敬禮無譬類，
敬禮無邊法，敬禮難思議！

哀愍覆護我，今法種㉓增長，
此世及後生，願佛常攝受。
我久安立汝㉔，前世已開覺，
今復攝受汝，未來生亦然。
我已作功德，現在及餘世，
如是衆善本，惟願見攝受！

注釋

❶**如是我聞**：釋迦牟尼示寂之後，佛教徒唯恐佛陀的遺教被忘卻、曲解，曾幾度舉行盛大集會，公推最熟悉釋迦牟尼教義的弟子當衆誦出親自聽佛陀所說的經、律，由衆弟子審定，佛教史上稱此類盛會爲結集。「如是我聞」便是在結集時誦經人誦經時所說的起語，其中的「我」即誦經人自指。後世的佛弟子爲弘揚佛法、發展佛教文化，也在經文開始寫上「如是我聞」，《勝鬘經》就屬於這一類。

❷**舍衛國祇樹給孤獨園**：舍衛國是古代印度城市國家的拘薩羅國（kosala）首都舍衛

城（Sūvatthī），後來以舍衛爲號。釋迦牟尼修成佛道後的第五年，舍衛國就大禮請他到本國傳道弘法，舍衛國是釋迦牟尼居留時間最長、教化影響最深的地方之一。釋尊在一生傳道活動中，曾得到不少信徒贈送的精美屋舍、園林作爲弘法活動的中心，祇樹給孤獨園就是其中最有名的一座。祇樹給孤獨園又叫祇園精舍（Jetavana Anāthapiṇḍikassa Ārama ）。在舍衛城裏有一位長者名叫須達多（Sudatta），須達多的梵語義爲善給、賑濟依靠，漢譯佛經習慣寫成「給孤獨」。給孤獨長者是位虔誠的佛教信徒，他從祇陀太子那裏買下了園林爲佛建立了宏偉的精舍。祇陀太子也崇信佛教，留下樹林供奉佛，於是這座精舍就被命名爲祇樹給孤獨園。

❸**波斯匿王及末利夫人**：波斯匿王（Prasenajit）是舍衛國王。波斯匿梵語義爲和悅、月光，所以波斯匿王在有的經中又稱月光王。末利夫人（Mālikā）是波斯匿王的第二位夫人。末利，也就是茉莉花的茉莉。末利的梵語義爲鬘，即美髮。末利夫人原是一位婆羅門的婢女，名叫黃頭，常年看守茉莉園。一天，如來進城化緣乞食，黃頭見到佛相好，頓時生起信佛的心，並施送食物給佛，還發誓要擺脱婢女地位成

爲國王夫人，後來黃頭果然如願。由於黃頭夫人過去看守茉莉園時，常常摘花結成美麗的髮飾，被王號爲末利夫人，又譯爲勝鬘夫人。

❹**勝鬘夫人**：是末利夫人生的女兒，梵語爲尸利摩羅（Mālyaśrī），義爲勝鬘，其實與她的母親同名。

❺**無量功德**：佛家功德的含義很廣，凡是能體現佛及佛法的崇高、美好的心性、相狀、功力、境界都稱爲功德。佛家認爲修行才能獲得功德，但只有佛和修行到入佛境界的人所獲得的功德才算是無量的。

❻**內人名旃提羅**：宮內下人名叫閹人。旃提羅（Sandila）梵語義爲閹人，即被斷去陽器的人。內人旃提羅相當於我國古代宮裏太監。

❼**阿踰闍國**：Ayodhyā又譯作阿輸闍國，爲舍衛國的附屬國，勝鬘夫人嫁給了阿踰闍國王。阿踰闍梵語義爲不可戰、無鬥。

❽**頂受**：行頂禮接受。頂禮，五體投地的最尊敬的禮儀。

❾**希有心**：即希有難得的心想。佛家認爲佛及佛道是至高無上無與倫比的，常褒美它爲希有，希有成爲佛家專門形容佛及佛法的詞。

⑩**所言眞實者**：佛家所說的眞實是講絕對的眞理，而絕對眞理的標準是能斷絕迷情、虛妄。

⑪**供養**：又作供、供施、供給、打供。意指供食物、衣服等予佛法僧三寶、師長、父母、亡者等。供養初以身體行爲爲主，後亦包含純粹的精神供養，故有身分供養、心分供養之分。蓋初期教團所受之供養以衣服、飲食、臥具、湯藥爲主，稱爲四事供養。所行之供養除財供養外，尚有法供養、禮拜等精神之崇敬態度亦稱供養。

⑫**世尊**：佛有十種名號：如來、應供、正遍知、明行足、善逝、世間解、無上士、調御丈夫、天人師、佛。而世尊是十號的總稱，意即三界獨崇，世所共尊。或稱釋迦牟尼佛爲釋尊。

⑬**普爲世間出**：佛家講佛有三身，即法身、報身、應身（化身），應身說一佛出世，則百億世界中有百億佛同時出現，佛無處不在地教化護念衆生。普爲世間出，意即無時無處不在世間出現。

⑭**眷屬**：佛經中的眷屬不僅意指親屬，還包括侍從、弟子。此處主要指內親和侍從。

⑮**頭面接足禮**：五體投地的頂禮，行禮的人以自己身體的最尊的頭面接近被敬的人身

體最卑的足，以表示行禮人最崇的敬意。

⑯**色身**：佛家所說的色約相當於常人說的物質，色身即有形質的身相。

⑰**不思議**：也作不可思議，形容佛及佛法、佛功德高、深、妙，常人無可思議。佛家常用否定式語表述佛及佛法的高、深、妙、勝，如無等等、不可言說、無比、無盡、無上等。

⑱**歸依**：也作皈依，意即身、心歸向。佛家常說的三歸依，即歸依佛、法、僧。

⑲**四種**：指身行殺、盜、淫、妄的四種過惡。

⑳**難伏地**：佛地的異名，佛家說修行已到了入佛的境界，外來的任何強力再也不能降伏他了，因爲他已具有生不能生、老不能老、病不能病、死不能死的無上法力。

㉑**法王**：此處指如來。如來具最勝法，聚一切法，住法自由自在，所以稱法王。王，至高無上。佛教人士中的聖賢地位最高者也稱法王。

㉒**爾炎**：Jñeya又作爾燄，梵語義爲所知、應知或智母、智境。佛號正遍知也就是爾炎境。

㉓**法種**：佛家認爲人本性具有法種，能像種子生發一樣生長佛法功德。種子，作爲因

體，有生發出諸法的功能。

㉔安立汝：初始建立爲安，終於形成爲立，汝指佛，安立佛意即歸依佛門循依佛法。

譯文

這時，勝鬘夫人和全體隨從都向佛行五體投地的大禮，佛即刻在衆人中爲勝鬘夫人作授記：「你讚歎我爲眞實的功德，憑著你這讚歎佛的功德善根，應當在無量無數的阿僧祇劫，在所有的天人中，做自在王。將來，你在所有居住傳法的地方，都能經常見到我的法相，那時你當面讚歎我的眞實功德，和現在沒有兩樣。

「你還應當供養無量無數的佛，經過二萬無量數劫，你就會成爲佛，名號是普光如來、應供、正遍知。你那時所住的清淨國土中，不再有因輪迴墮入的受苦處所，以及老化、病痛、衰竭、煩惱等不能切合自己心意、不能使自己愉悅、自在的苦；也不存在不善的、輪迴墮入的受苦處所這一類名稱。那佛國衆生身體的妙相、體力充沛、極長的壽命、色聲香味觸無不具備，全都給人帶來快樂，勝過欲界的他化自在天等六天的天人衆。那佛國的衆生，無例外地都修習大乘教法。所有修習善性的衆生，都隨願集到那裏。」

當勝鬘夫人得到佛所作的授記的時候，無數的衆生各天衆以及人都願意化生到那佛國。世尊對他們都作了授記，說他們都將離開原地往生到那裏。

原典

爾時，勝鬘及諸眷屬頭面禮佛，佛於衆中即爲授記❶：「汝歎如來眞實功德，以此善根，當於無量阿僧祇❷劫❸天❹人之中，爲自在王❺。一切生處，常得見我，現前讚歎，如今無異。

「當復供養無量阿僧祇佛，過二萬阿僧祇劫，當得作佛，號普光如來❻、應、正遍知❼。彼佛國土❽，無諸惡趣❾，老、病、衰、惱、不適意❿苦，亦無不善、惡業道名。彼國衆生色⓫、力⓬、壽、命⓭、五欲⓮衆具，皆悉快樂，勝於他化自在諸天⓯。彼諸衆生，純一大乘⓰。諸有修習善根衆生，皆集於彼。」

勝鬘夫人得授記時，無量衆生諸天及人願生彼國。世尊悉記，皆當往生⓱。

注釋

❶**授記**：梵語和伽羅（Vyākarana）的意譯，指佛對心依佛門的衆生授予將來成佛的果，並分別記住。其實就是預言弟子在多少劫後，在哪一國土成佛，壽命如何等。

❷**阿僧祇**：Asamkhya一種義爲無盡數，一種義爲大衆，此處用第一義。

❸**劫**：Kalpa梵語音譯劫簸的略語，原意爲極久遠的時節，是佛家宇宙觀中的大時，與佛家小時的「一念」、「刹那」相對。據古老的印度神話，梵天的一個白天是一個劫，約等於人間的四十三億二千萬年（一説四百三十二萬年）；劫後有劫火現出燒毀一切，然後又重創一切，所以劫又引申爲災難，漢譯取用「劫」字也有意譯意味。佛家構擬自己宇宙觀時，吸取了古老的神話中的時間觀。佛家説世界有從生成到壞滅的過程，即成（生成）、住（安住）、壞（毀壞）、空（空虛），然後再生成，重複這一過程。每一從成到壞的過程爲一大劫，約一百二十八億年；成、住、壞、空各有三十二億年爲一中劫；每一中劫又都分爲二十小劫。佛家將諸佛的出世時間都設定了具體的劫時，佛出世劫數的劫往往是以小劫爲單位的。

❹**天**：佛家所講的天與常人所講的天空不一樣。佛家所謂天，首先是指特定衆生，即因修佛道或福報高於一般人的衆生，所以天又名天人、天衆。其次指天衆所居處，即從須彌山脚上昇一萬由旬（Yojana約四十里）住有堅手天，又昇一萬由旬爲持華鬘天，又昇一萬由旬爲常放逸天，此三天繞山環列；又昇一萬由旬至山半，有四天王天依山四面住；又昇四萬二千由旬至須彌山頂忉利三十三天；再往上昇則是空居諸天，皆依雲居住。天衆是按修行果位由低到高依次安住的。

❺**自在王**：指勝鬘夫人未來因地所得的果報。勝鬘夫人還要經長期的修行才能成佛；於此無量阿僧衹劫中，都是在天人中爲自在王的。

❻**普光如來**：即勝鬘夫人將來成佛時之佛號。因勝鬘見佛時，「佛於空中現，普放淨光明」；她即由此見佛讚佛，增長成熟功德善根，故成佛時，名爲普光。

❼**應、正遍知**：應即應供的略語，應供與正遍知分別爲佛的第二號、第三號。應供意即斷絕一切惡，應該受一切世間人天的供養，又義稱得上衆生所種的福田，梵語爲阿羅訶Arhat。正遍知是梵語三藐三佛陀（Samyaksambuddha）的意譯，意即正遍知一切法，又譯爲正覺，其實就是全知全覺的意思。

❽**佛國土**：梵語佛統差恒羅（Buddhakṣetra）的意譯，又譯爲佛刹、佛土、佛國、淨土等。此處國土不是指通常義的國家疆域，而是指諸佛爲教主所教化的界域。

❾**惡趣**：指衆生因作惡而落處的受苦住所，趣即所往。作惡最多的被落入地獄，其中的苦況集中了人世間的一切懲罰和災難；按作惡遞減，所落的惡趣依次爲餓鬼、畜生。以上爲三惡趣，又有四惡趣的說法，在三惡上加阿修羅，又有五惡趣的說法，在三惡上加上人天。

❿**不適意**：佛籍中又作適莫，意即不合自己心意、不能使自己悅心快意。佛家所講的適意不是通常說的切合情欲，而是意指超脫六趣生死、情欲煩惱以後，去來進止，不受情欲羈絆，得以隨意自在。

⓫**色**：梵語阿迦色（Aghaṃ）的音譯略語，意相當於指一切有形物質，此處指構成人身的有形肉體或人的具體形相。

⓬**力**：梵語麼擺（Bala）的意譯，即有用的能力。

⓭**壽、命**：佛籍中有的壽與命同義，有的壽與命連用，有的壽與命異義。此處壽與命意義不同。按佛家一般說法，要麼超脫生死爲佛，要麼墜入六道中輪迴受苦，凡輪

迴一期由生至死的期限即稱爲壽，梵語爲儞尾單（Jivita）；支持或決定人一期中煖與識（約相當於人生中的遺際和精神總趨勢）的本元即命運，稱爲命，梵語爲尾戍單（Jivita）。

⑭**五欲**：又稱五境、五塵，即色、聲、香、味、觸。五欲的色只指眼睛所對的形相，與前面提到的色概念不同。觸指身觸感覺所識別的對象，有堅、濕、暖、動、滑、澀、重、輕、冷、飢、渴十一種。色、聲、香、味的對象佛家都有細緻的分析，此處不詳介紹。另外也有指財欲、色欲、名欲、飲食欲、睡眠欲等五種。

⑮**他化自在諸天**：指以他化自在天爲代表或爲首的欲界諸天，一般指欲界六天。堅手天、華鬘天、常放逸天爲夜叉、鬼神所居。從四天王天至他化自在天共六天，爲天人居，與下界的衆生一樣有情欲、食欲，所以稱欲界六天。

四天王天，俗稱四大金剛，即東方持國天王、南方增長天王、西方廣目天王、北方多聞天王。此天人身長半里，衣重半兩，壽五百歲，一日相當於人間五十年。

忉利天共三十三天，居中帝釋天，其王城宮殿由黃金諸寶構成，此天人身長一里，衣重六銖，壽一千歲，一日相當於人間一百年。

夜摩天在忉利天上八萬由旬處，此天光明燦爛，不分晝夜，其人身長一里半，衣重三銖，壽二千歲，一日相當於人間二百年。

兜率天在夜摩天上十六萬由旬處，此天人通體光明，照耀世界，此天人身長二里，衣重二銖，壽四千歲，一日相當於人間四百年。

化自樂天在兜率天上三十二萬由旬處，此天可以將自己意願變化為現實樂事，其人身長二里半，衣重一銖，壽八千歲，一日相當於人間八百年。

他化自在天在化自樂天上六十四萬由旬處，是欲界最高的居住處，此天與化自樂天同為樂天，但得樂方式相反，化自樂天是自己變化出樂具滿足自己娛樂，而此天則下天去自由變化取他人變化的樂事滿足自己娛樂，所以佛家又有說他是害正法之魔王。此天人身長三里，衣重僅半銖，壽長一萬六千歲，一日相當於人間一千六百年。此天為整個欲界的主，所以經文特舉他化自在天為欲界諸天代表。

⑯**純一大乘**：佛家稱能引導人達到涅槃成佛的彼岸的教法為乘，乘的梵語是衍那（Yāna），意即車乘或道路。佛教的發展過程中形成了大乘、小乘的教派。大乘教派興起後，貶抑原來的原始佛教、部派佛教為小乘，不過這個「小」字部派佛教是

從未承認的。然而大乘相對於小乘確有體現大的特徵，小乘只強調一佛，而大乘強調多佛進而高揚一切衆生皆能成佛；大乘熱心菩薩修行，矢志獻身於普濟衆生的宗教實踐，從而達到徹底覺悟，而小乘則潛心於修戒定慧、八正道，側重於智慧、精神修持，追求個人解脫；大乘嚮往理想的淨土、佛國，而小乘則看重個人的灰身滅智。

⑰**往生**：離開原居的世間往（即去）理想的佛國淨土為往，變化生活在所去的佛國淨土為生。

2 十受章

譯文

這時，勝鬘夫人聽完了佛作的授記，恭敬地站著，接受佛講授的十種佛法。（勝鬘夫人聽完佛講授的十種佛法後，發誓說：）

「世尊！我從今天起奉行，甚至到徹底覺悟的時候也不變，對接受的戒律不生違犯的心念。

「世尊！我從今天起奉行，甚至到徹底覺悟的時候也不變，對修行有成的各位尊敬的長輩不生傲慢的心念。

「世尊！我從今天起奉行，甚至到徹底覺悟的時候也不變，對所有的衆生不生怨恨、忿怒的心念。

「世尊！我從今天起奉行，甚至到徹底覺悟的時候也不變，對別人美妙的身體和擁有的各種物品不生嫉妒的心念。

「世尊！我從今天起奉行，甚至到徹底覺悟的時候也不變，對於佛法及世間學術技能皆不遺餘力救助，決不生慳吝的心念。

「世尊！我從今天起奉行，甚至到徹底覺悟的時候也不變，不爲私利積蓄財物。所有積蓄的財物，都用來接濟貧苦的衆生。

「世尊！我從今天起奉行，甚至到徹底覺悟的時候也不變，不懷私心，施行布施、愛語、利行、同事四法攝救教化衆生；爲了一切衆生，用不貪愛染污的心、不滿足已成的心、無罣礙、執著的心攝救教化衆生。

「世尊！我從今天起奉行，甚至到徹底覺悟的時候也不變，如果見到處在孤獨、拘禁、疾病等種種災難、困苦中的人們，定要自始至終努力不懈，使他們身心得到安穩，不生煩惱，然後用佛法義理教化他們覺悟，使他們脫離各種苦，然後才捨離。

「世尊！我從今天起奉行，甚至到徹底覺悟的時候也不變，如果見到施行漁獵捕殺動物，畜養豬、羊、雞、狗等等非善的惡律儀和各種違犯戒條的人，我要自始至終努力不懈地攝救教化他們，不達目的決不放棄。當我獲得佛法能力的時候，無論在哪裏見到這類人，當用強力迫使屈服的就用強力迫使他們屈服，當用佛法攝救教化的就用佛法攝救教化他們。什麼緣故？因爲施行強力迫伏、攝救教化二法，能使佛法永世長存。佛法永世長存，天人就會充滿，惡道受苦的衆生就會減少，人們才能緊緊跟隨如來所傳播的佛法修成正果。因爲我懂得這一切有利衆生，所以我決心施行救攝教化的法事永不停息。

「世尊！我從今天起奉行，甚至到徹底覺悟的時候也不變，所接受的眞正佛法，始終不忘掉。什麼緣故？因爲忘掉了眞正的佛法，就忘掉了普度衆生的大乘宗旨。忘掉了普度衆生的大乘宗旨，就忘掉了由生死此岸度到涅槃彼岸的根本法門。忘掉由生死此岸度到涅槃彼岸的根本法門，就是不想奉行普度衆生的大乘教旨。如果菩薩不決心奉行普度衆生的大乘教旨，就不可能得攝受眞正的佛法。只想隨著自己樂意的教法行事，是永遠不能超越凡夫地入佛道的。

原典

十受❶章第二

爾時，勝鬘聞受記已，恭敬而立，受十大受。

「世尊！我從今日乃至菩提❷，於所受戒❸，不起犯心。

「世尊！我從今日乃至菩提，於諸尊長不起慢❹心。

「世尊！我從今日乃至菩提，於諸衆生不起恚❺心。

「世尊！我從今日乃至菩提，於他身色及外衆具不起嫉❻心。

「世尊！我從今日乃至菩提，於內外法❼不起慳❽心。

「世尊！我從今日乃至菩提，不自爲已❾受畜財物。凡有所受，悉爲成熟❿貧苦衆生。

「世尊！我從今日乃至菩提，不自爲已⓫行四攝法⓬。爲一切衆生故，以不愛染⓭心、無厭足⓮心、無罣礙⓯心，攝受衆生。

「世尊！我從今日乃至菩提，若見孤獨、幽繫、疾病種種厄難⑯困苦眾生，終不暫捨，必欲安隱⑰，以義饒益，令脫眾苦，然後乃捨。

「世尊！我從今日乃至菩提，若見捕、養眾惡律儀⑱及諸犯戒，終不棄捨。我得力時，於彼彼處見此眾生，應折伏⑲者而折伏之，應攝受者而攝受之。何以故？以折伏、攝受故，令法久住。法久住者，天人充滿，惡道減少，能於如來所轉法輪⑳而得隨轉。見是利故，救攝不捨。

「世尊！我從今日乃至菩提，攝受正法㉑，終不忘失。何以故？忘失法者，則忘大乘。忘大乘者，則忘波羅蜜㉒。忘波羅蜜者，則不欲大乘。若菩薩㉓不決定大乘者，則不能得攝受正法；欲隨所樂入，永不堪任越凡夫㉔地㉕。

注釋

❶**十受**：指勝鬘夫人聞佛為她受記以後，她就恭敬的立在佛前，發願受十大受。十大受，即約三聚戒（願斷一切惡、願度一切眾生、願成熟一切佛法）為三類：前五是攝律儀戒，後四是攝眾生戒，後一是攝正法戒。

❷**菩提**：Bodhi有三種義，㈠作動詞，即徹底覺悟；㈡作名詞，即徹底覺悟的境界；㈢也作名詞，即諸佛道、道之極者或無上道，也就是覺悟的智慧和途徑，這一義佛家逕直譯爲道。

❸**戒**：梵語爲尸羅（Śīla），即佛或佛家教團根據佛道的標準所擬定的防止作惡、行非、悖離佛道的禁條及有關的佛法義理，通常指禁條或戒條，如五戒、八戒，有多至二百五十戒、五百戒的。

❹**慢**：傲慢，恃己所長，傲然凌人。大乘瑜伽行派將宇宙萬有法劃分爲百法，「慢」被列爲「心所法」中的六種根本煩惱法之一。

❺**恚**：怨恨、忿怒。佛家將恚又表述爲瞋，並把貪、瞋、癡稱爲三毒。「瞋恚」被列爲「心所法」中六種根本煩惱之一。

❻**嫉**：嫉妒，不能忍受他人比自己優而產生的慢戚、忿恨心理狀態。「嫉」被列入百法中的「心所法」裏的諸「隨煩惱」之一。

❼**內外法**：可作二種說法：㈠內法，指自己的身體；外法，指身外的飲食衣物等。㈡內法，指佛法說；外法，指世間學術技能說。菩薩所通達的一切法，都是爲了一切

眾生。

❽**慳**：迷戀財物不肯施捨的吝嗇心理，被列入百法的「心所法」中的諸「隨煩惱」之一。此處特指已獲得佛法都捨不得施教於別人。

❾**已**：當作己。

❿**成熟**：成果，引申爲成富，此處作使動詞，意即使貧苦眾生成富。

⓫**已**：當作己。

⓬**四攝法**：是佛家引導教化眾生歸依佛門的四種方式，梵語爲Catuh-sangraha-vestu。㈠爲布施攝，施惠財物或傳授佛法來滿足眾生對物質和精神的某種需求，使眾生對佛家產生親愛的感情，進而接受佛教道義；㈡爲愛語攝，按眾生各不相同的具體情況和本性條件，以對象能接受和樂聽的言語給以勸慰喻示，使眾生對佛家產生親愛的感情，進而接受佛教道義；㈢爲利行攝，以種種善行利益眾生，使眾生對佛家產生親愛的感情，進而接受佛教道義；㈣爲同事攝，按眾生對象的不同本性和需要，分別顯現（或參與）其中，同甘苦共患難，使眾生對佛家產生親愛的感情進而接受佛教道義。

⑬**愛染**：屬於貪欲的煩惱，由於貪愛財物、女人等，污染了心識，引生執取謀得的欲念。

⑭**厭足**：滿足。不厭足特指對濟渡教化衆生的菩薩行努力不懈，不產生滿足已有成就的心念。

⑮**罣礙**：牽掛阻礙，罣字通絓或掛。

⑯**戹難**：災難，戹通厄，音さ、餓。

⑰**安隱**：同安穩，意指身心安穩泰然，與世無爭，不受誘惑，不生煩惱。隱同穩。

⑱**捕、養衆惡律儀**：佛家稱按善惡標準所擬定的思想行爲律條準則爲律儀，善律儀可以防遏惡，惡律儀防遏善。佛家認爲親近屠夫，畜養豬、羊、雞、狗、漁獵捕殺動物，都是非善的惡律儀。

⑲**折伏**：佛家說折伏與攝受是相對的，折伏對惡人而言，攝受對善人而言。

⑳**法輪**：Dharma-Cakra的意譯，又譯爲正法之輪、梵輪。古印度人習稱能平息諸小國紛爭而成爲全印度最高統治者的國君爲轉輪寶王。轉輪是古印度的一種有效破敵兵器，後引喻爲降伏人的法寶。把國君褒稱爲轉輪寶王所向無敵，反映了古印度人

嚮往統一、天下太平。後來佛家以轉輪譬喻釋迦牟尼所證的原始佛法，進而比喻整體佛教所弘揚的佛法，把佛法比作輪含義有：㈠是有如輪寶摧滅一切邪惡、疑悔、災害；㈡是有如車輪滾滾不斷傳播。

㉑ **攝受正法**：即指爲正法而學習、修行、悟證，都名爲攝受正法。攝受，指聽聞、攝持而領受、記憶在心，並精勤修行、證悟而實現正法。正法，即眞如、法性、實相，這是不偏不邪的究竟法，所以名正法。

㉒ **波羅蜜**：又作波羅蜜多（Pāramitā），直譯爲彼岸到，習慣譯爲到彼岸。波羅（Pāra）即彼岸，蜜多（mitā）即到。又意譯爲度、度無極、究竟等。其實就是佛家指稱將衆生由生死此岸度到涅槃彼岸的法門。

㉓ **菩薩**：梵語菩薩表示法很多，最完全的稱法爲摩訶菩提質帝薩埵（Mahābod-hicittasattva）。摩訶（Mahā）即大；菩提（Badhi）前面已釋；質帝（Citta）即心、心靈、思想；薩埵（Sattva），爲有情或衆生，原意爲本身、本體。梵語其他幾種表示法摩訶質帝薩埵、摩訶薩埵、菩提薩埵、薩埵，都是摩訶菩提質帝薩埵的簡化，菩薩又是菩提薩埵的簡化。摩訶菩提質帝薩埵直譯應爲勝大的具足無上道心

的衆生，或意譯爲大道心衆生、道衆生、求無上道的大心人、求大覺大道的人、大覺有情、覺有，或意譯爲開士、始士、大士、高士等。大乘乾脆稱爲求佛道的大乘衆或求佛道的衆生，本經此處的用法即此義。

㉔**凡夫**：佛家將不能斷離塵世污染、證知佛法義理的人稱爲凡夫，與斷離塵世污染、修行佛道達到入佛果位的聖人相對。

㉕**地**：此處地不是指大地，而是指人所處的境界，佛家是以佛法標準來劃分人的境界的。

譯文

「我見到過現世這樣的無數的嚴重罪過、災難，又知道了將來攝受正法的大菩薩，會獲得無量的成就功德，所以我要接受佛親自傳授的十大佛法。無上的法王世尊現在就爲我證明，也惟有佛世尊才能現前證知，證知我確能受戒而持行。可是廣大的未脫情欲的衆生善性微弱，聽說受此十大戒，或者會起疑惑，認爲這十大受是極難究竟成辦，所以這疑惑的衆生，也許會因此而在生死中輪迴不息，又常起種種非義的不饒益事，所以身心得不到安樂。爲了使那些善根薄弱的衆生安樂，我才當著佛的面發誠實的十大弘誓。如果我接受世尊所傳授的十大佛法，能實踐我所發的誓言中的作爲，爲了印證這十大誓願，在衆人之前空中應當落下五彩繽紛的奇香妙花，天上應當傳送著美妙動聽、精湛感人的佛音。」

勝鬘夫人在佛陀面前說完這些話，頓時在空中落下五彩繽紛的奇香妙花，天上傳送著美妙動聽、精湛感人的佛音：「如此如此，一切都像你所說的，完全眞實，沒有差異。」

衆人親眼看見天落妙花，親耳聽到天傳佛音，所有聚會者心裏對佛法的疑惑都消除了，無比歡喜地雀躍不已，都向佛發誓言：「我們永遠同勝鬘夫人一起修習，和她一道實踐她在十大誓中所許下的諾言。」

世尊全都作下授記，讓所有的人將來都實現所發的誓願。

原典

「我見如是無量大過，又見未來❶攝受正法，菩薩摩訶薩❷無量福利❸，故受此

大受。法主❹世尊現爲我證❺，惟佛世尊現前證知。而諸衆生善根微薄，或起疑網❻，以十大受極難度故，彼或長夜非義饒益，不得安、樂❼。爲安彼故，今於佛前說誠實誓。我受此十大受如說行者❽，以此誓故，於大衆中，當雨天華❾，出天妙音❿。」

話是語時，於虛空中雨衆天華，出妙聲言：「如是如是，如汝所說，眞實無異。」

彼見妙華及聞音聲，一切衆會疑惑悉除，喜躍無量而發願言：「恆與勝鬘常共俱會，同其所行。」

世尊悉記一切大衆如其所願。

注釋

❶**未來**：佛家所說的未來，不單純意指時間，而是意指應當到來實現的，現在還沒有到來實現，所以未來在佛籍中又寫作當來。

❷**菩薩摩訶薩**：菩薩中的大菩薩。一般有二義，一是特指菩薩中果位極高接近佛位的

菩薩，如稱普賢菩薩摩訶薩；一是泛指一切虔誠修佛的人。菩薩摩訶薩一般用法與菩薩、大菩薩相同。摩訶薩即摩訶菩提薩埵的簡化。

❸**無量福利**：又作福德。佛家所說的福利，不是意指普通人的生活利益，而是上求佛道的修行人達到入佛的果位後所獲得的徹底覺悟、清淨涅槃、超脱凡俗、遊戲神通、斷絕煩惱、跳出惡道、法喜禪悦、隨緣任運等等福利。無量福利，指入佛所獲得的福利無可衡量，非一般人所獲得的生活福利可比。

❹**法主**：同法王，指如來或佛。

❺**證**：指證明、證知。指世尊證知勝鬘夫人確能受戒而持行。

❻**疑網**：對佛法的信仰不專不堅，心念中產生的疑惑像網一樣束縛著人，使人難入佛道門徑。

❼**安、樂**：安即安穩，不受誘惑，不生煩惱；樂，即斷離煩惱自在樂法。

❽**如説行者**：當爲「如所説行者」。行，即身、口、意的造作，其實多指宗教實踐。説行者，即勝鬘夫人前面所説的如何作爲的話。如説行者即要實踐自己所説的如何作爲的話，決不食言。

❾**雨天華**：雨天華又常寫作「雨諸天華」。天華，天上的各種奇香妙好的花，佛家往往列舉白華、大白華、赤華、大赤華等四種。古代華字通花。

❿**天妙音**：天上發出的美妙動人的聲音。妙音，又作妙音聲，有兩種概念，㈠是由伎樂演奏出的美妙音樂；㈡是特指佛或大菩薩說法的話音美妙動人、話義精湛服人，這一義有時表述爲「妙聲言」。雨天華、出天妙音都是祥瑞。

3 三願章

譯文

這時，勝鬘夫人又在佛的面前發出三種大誓願，她這樣說道：「我要以這誠實的誓願，安定慰藉那無量無邊的衆生。憑藉這樣的善心，我能在生生世世中，斷離惑見煩惱，能領悟契合眞理的智慧，這稱爲第一大願。我斷離惑見煩惱，領悟契合眞理的智慧後，一定抱著努力不懈永不滿足的心念，爲衆生講演如何斷離惑見煩惱、領悟契合眞理的智慧，這稱爲第二大願。我接受佛講授的眞正佛法後，還要捨棄自己的身體、生命和財產，來護持所獲得的眞正的佛法，這稱爲第三大願。」

這時，世尊立即對勝鬘夫人發出的三大誓願作了授記。就像一切有形物質遍入無盡的虛空，如此，菩薩所有像恆河沙數多的誓願，也都納入到勝鬘夫人所發的三大誓願之中。這三大誓願，是眞實不虛廣大無量的。

原典

三願❶章第三

爾時，勝鬘復於佛前發三大願，而作是言：「以此實願，安慰無量無邊衆生。以此善根，於一切生得正法智❷，是名第一大願。我得正法智已，以無厭心爲衆生說，是名第二大願。我於攝受正法，捨身、命、財護持正法，是名第三大願。」

爾時，世尊即記勝鬘三大誓願。如一切色悉入空界❸，如是菩薩恆沙❹諸願，皆悉入此三大願中。此三願者，眞實廣大。

注釋

❶願：同誓。誓與願還可連用爲誓願。細分誓與願，義略有不同，誓偏重於自我約制，願偏重於志求滿足。

❷正法智：一般情況下與正智、無漏智同義，都意指斷絕惑見、契合眞如。但正法智

的外延要比無漏智、正智窄，多意指對現世法（現世現實現象）的觀省了知，所以法智又稱爲現智。

❸**空界**：佛家認爲一切有形物質是容納在無邊虛空之中的，所以有的佛派還擬立空界色的概念，說門窗、口、鼻內外竅隙就是可見的空界色。空界不同於佛家哲學抽象的空或空性、空相，但佛家有時把空比喻爲空界、虛空，以諭示空的涵納無邊，這是爲了讓理解力差的人能體會空的抽象意義，不是說空等於空界。

❹**恆沙**：恆河沙，佛家常常用來比喻數量極多，恆河是印度第一大河，恆河中的沙粒比其他河中的沙粒細，所以恆河中的沙粒數之多給古印度人的印象很深。

4 攝受正法章

譯文

這時，勝鬘夫人對佛說：「我現在應當再秉承您的威德神通力，說說我立下的十大受、三大願，使衆生離邪依正歸順佛門，它是眞實不虛，可以完全印證的。」

佛對勝鬘夫人說：「任憑你說，我聽著。」

勝鬘夫人對佛說：「菩薩們所有的像恆河沙數多的誓願，都包涵在一大誓願中，即前面講述的攝受正法。施行攝受正法，以使人契合眞如理體，爲最大的誓願。」

佛讚揚勝鬘夫人：「妙啊！妙啊！演繹佛法義理的無比慧巧的方法，眞是精深玄奧妙不可言。你已是在過去長久中修習福德智慧諸善根，來世的衆生中只有長久地修行種植善根的人才能理解你講的義理。你講的攝受正法，都是過去劫諸佛講到過的，現在劫諸佛現在講著的，未來劫諸佛將來也一定會講的。我現在獲得無上道，也常常講述這攝受正法。因此我說施行攝受正法，所獲得的功德是無限的。如來契合眞如理體的智慧、巧妙講明義理的才華，也是無限的，什麼緣故呢？因爲施行這攝受正法，能使人獲得大的功德，獲得脫離苦海入佛自在的大利益。」

原典

攝受正法章❶第四

爾時，勝鬘白佛言：「我今當復承佛威神❷，說調伏❸大願眞實無異。」

佛告勝鬘：「恣聽汝說❹。」

勝鬘白佛：「菩薩所有恆沙諸願，一切皆入一大願中，所謂攝受正法。攝受正法，眞爲大願。」

佛讚勝鬘：「善哉！善哉！智慧方便❺，甚深微妙❻。汝已長夜殖諸善本❼，來世衆生久種善根者乃能解汝所說。汝之所說攝受正法，皆是過去、未來、現在諸佛❽已說、今說、當說❾。我今得無上菩提，亦常說此攝受正法。如是我說攝受正法，所有功德不得邊際。如來智慧辯才❿亦無邊際。何以故？是攝受正法，有大功德，有大利益。」

注釋

❶**攝受正法章**：前一章將大乘菩薩修行的十受的誓願概括爲三大誓願，本章又將前章的三大誓願總括爲一大願即「攝受正法」，然後將「攝受正法」昇華爲佛學的範疇，接著通過勝鬘夫人與佛的討論展開對「攝受正法」內涵的闡釋。

❷**佛威神**：形容佛外在形象威勢勇猛令俗人敬畏，內在神通力精深不可測度。

❸**調伏**：有兩種通行的解釋，但都是強調剛柔兼施使衆生離邪依正歸順佛門。一種解釋是，調和控制人的身、口、意的造作，制伏諸惡以依佛法；另一種解釋是，對性柔的人用法義調理教化，對性剛的人用強勢制約降伏。

❹**恣聽汝說**：恣，任憑。這裏表現了佛陀的平等待人，諄諄善誘。

❺**智慧方便**：也作般若方便，梵語爲Prajñā Upāyakauśala。這裏所說的智慧，並不等同於前面所述及的正智或正法智。般若作爲一種佛學流派或一種論學法門，是與精湛抽象的「性空」學說以及演繹「性空」的抽象義理所運用的巧妙的推導方法、

表述方式密切相聯的。方便是方便善巧的略語，大乘往往用來意指在普度衆生的菩薩行中所運用的各種隨機靈活的方法，所謂方便多門。智慧方便意即演繹佛法義理的無比慧巧的方法。

❻**甚深微妙**：這是佛籍中常用來形容佛法義理精深美妙的語辭。甚深，不能按通常詞義翻譯爲很深，佛家用甚深的時候往往含有深到極至的意味。微妙，是從審美的角度褒美佛法義理玄奧美妙不可思議。

❼**殖諸善本**：殖通植，佛家更多用「種」字；本通根，都是指本性中的心意識。

❽**過去、未來、現在諸佛**：這辭意涉及佛家關於諸佛出世的信仰，諸佛出世的信仰又與佛家的宇宙觀緊密聯繫著。前面曾述及，劫有大、中、小之分。佛家又將連續的大劫分爲過去劫、現在劫、未來劫。過去劫名莊嚴劫，有以迦葉佛（Kāśyapa）、釋迦牟尼佛（Śākyamuni）爲代表的一千佛出世；現在劫名賢劫，有以拘留孫佛（Krakucchanda）爲代表的一千佛出世；未來劫名星宿劫，有以須彌相佛（Sumeru）爲代表的一千佛出世。佛家宣諭大乘「一切衆生皆能成佛」的思想，既然佛自古以來就有，將來也不斷湧現，自然是人人都有成佛的可能。

❾**已說、今說、當說**：與過去、現在、未來是相對應的，即過去劫諸佛已經說過，現在劫諸佛現在說著，未來劫諸佛未來一定會說。當說，應當說而未曾說，將來一定會說，所以當說也可作未來說。

❿**辯才**：善於巧妙地講明佛法義理的才能。

譯文

勝鬘夫人對佛說：「我應當秉承您不可測度、通融隨意自在的神通力，再進一步演說攝受正法的『廣大』涵義。」

佛說：「請說吧。」

勝鬘夫人對佛說：「攝受正法『廣大』的涵義，是無量的，它包容一切佛法，含納八萬四千種可入佛道的門徑。

「譬如成劫，世間剛開始的時候，從虛空中興起大黑雲，接著從濃雲降下傾盆大雨，還隨著雨降下種種寶物。這世界生成之初的景觀多麼廣大！然而攝受正法就像這一樣的廣大，如同普降霖雨，將無量的福德果報和無量的善根降施給一切衆生。

「世尊！又譬如成劫，世間剛開始的時候，雨水聚積漫到二禪光音天，當颷風吹波鼓沫時，水沫凝生成三千大千世界共有一百億須彌山，和四百億種種部洲。攝受正法就像這世界生成一樣的廣大，它使無數衆生居住的世界化成人乘教化的世界，它使一切菩薩具有施法不可測度、通融隨意自在的能力，它使一切世間的衆生不受煩惱，身安心穩離苦快樂，它使一切世間的衆生超脫塵世羈困，昇到任意變現通達的境界；它能使人們徹底覺悟，超出世間的安樂方享受佛國淨土的無量福德；超脫世界的劫變，永離大劫的成壞災禍。甚至天人原本不可能獲得的無量功德快樂，都能從攝受正法中獲得。

「又譬如世界的大地承擔著四種重擔，什麼是四種重擔？第一種是大鹹海；第二種是各類山；第三種是草木；第四種是有情衆生。奉行攝受正法的善男子、善女人，修成入佛的高位境界，才能夠承當四種重任，與那世界的大地擔四重擔一樣。什麼是四種重任？意思是這樣的：與惡朋友交往的人，對沒有聽受過佛道的人，對不信佛道的人，應以人、天的善法啓發，使他們歸依佛門修成正果；有的人企求聲聞果，就對他們傳授聲聞乘教法；有的人企求緣覺果，就對他們傳授緣覺乘教法；有的人企求通過修習大乘菩薩行達到入佛境界，就為他們傳授大乘教法。這就稱為奉行攝受正法的善男子、善女人，他們修成入佛的高位境界，才能夠完全承當四種重任。世尊！像這樣奉行攝受正法的善男子、善女人，修成入佛的高位境界，完全能承擔四種責任，能做一切衆生的善知識，不須別人請求，主動導引人向善學佛；能懷著深重廣大的菩薩心腸拔救衆生苦難，安慰同情衆生；能獻身於以佛法普度世間一切衆生的事業。

「又譬如世界大地上有四種寶藏。什麼是四種寶藏？第一種是無上價值的寶藏，第二種是高價值的寶藏，第三種是中等價值的寶藏，第四種是低價值的寶藏，這些就稱為世界大地上的四種寶藏。奉行攝受正法的善男子、善女人，就像世界大地得有四種寶藏一樣，也能使衆生得四種最高價值的寶藏，這四種最高價值的寶藏是什麼呢？奉行攝受正法的善男子、善女人，對於沒有聽受過佛道的衆生、不信仰佛道的衆生，就以人天的善法傳授，使他們修得佛道；有的人企求聲聞果，就對他們傳授聲聞乘教法；有人企求緣覺果，就對他們傳授緣覺乘教法；有的人企求通過修習大乘菩薩行達到入佛境界，就對他們傳授大乘教法。使衆生修成大寶一樣的佛法正果，能得到這樣的成就，都是由於攝受正法的善男子、善女人，以正法教化他們，才能建樹如此獨一無二、曠世所無的功德的。世尊！衆生所得的四種「大寶藏」——正法，即是含攝大乘的廣大無邊義。

原典

勝鬘白佛：「我當承佛神力，更復演說攝受正法廣大之義❶。」

佛言：「便說。」

勝鬘白佛：「攝受正法廣大義者，則是無量，得一切佛法，攝八萬四千法門❷。

「譬如劫初成時❸，普興大雲，雨衆色雨及種種寶❹。如是攝受正法，雨無量福報及無量善根之雨❺。

「世尊！又如劫初成時，有大水聚，出生三千大千界藏❻及四百億種種類洲❼。如是攝受正法，出生大乘無量界藏，一切菩薩神通之力，一切世間❽安隱快樂，一切世間如意自在，及出世間安樂劫成❾，乃至天人本所未得皆於中出。

「又如大地持四重擔，何等爲四？一者大海，二者諸山，三者草木，四者衆生。如是攝受正法善男子、善女人❿，建立大地⓫，堪能荷負四種重任。喻彼大地，何等爲四？謂離善知識⑫、無聞⑬、非法⑭衆生，以人、天善根而成熟之；求聲聞者，授聲聞乘⑮；求緣覺者，授緣覺乘⑯；求大乘者，授以大乘。是名攝受正法善男子、善女人，建立大地，堪能荷負四種責任。世尊！如是攝受正法善男子、善女人，建立大地，堪能荷負四種重任，普爲衆生作不請之友，大悲安慰哀愍衆生，爲世法母⑰。

「又如大地有四種寶藏⑱，何等爲四？一者無價，二者上價，三者中價，四者下價，是名大地四種寶藏。如是攝受正法善男子、善女人建立大地，得衆生四種最上大寶，何等爲四？攝受正法善男子、善女人，無聞、非法衆生，以人天功德善根而授與之；求聲聞者，授聲聞乘；求緣覺者，授緣覺乘；求大乘者，授以大乘。如是得大寶衆生，皆由攝受正法善男子、善女人得此奇特⑲希有功德。世尊！大寶藏者，即是攝受正法。

注釋

❶**廣大之義**：指本段內容演說的是攝受正法力用的鉅大，爲了給讀經的人以強烈印象，作經人多次以宇宙宏觀事物作譬喻比較，具有很強的感染力。

❷**八萬四千法門**：法門即佛家所肯定的修行入道的途徑、方法、義理、軌則等，即依佛法入佛道之門徑；八萬四千形容法門之多，並非確數，佛家說人有八萬四千煩惱，所以必須以八萬四千法門對治。八萬四千這一數詞在佛籍中使用頻率很高。

❸**劫初成時**：指一個大劫在成劫這一中劫時的第一小劫。佛家有關於器世間即物質的宇宙或自然世界形成、演變和構成的系統理論，其中的宏微觀、發展變化論、無限論都含有合理成分。佛家認爲宇宙宏體都是不斷生滅變化運動永不止息的，每一世界都不斷成、住、壞、空，當前一大劫發展到空劫的第二十小劫時，世界體便又要生成，進入到新的大劫的成劫期，成劫則從第一小劫開始。

❹**種種寶**：佛經通常講器世間的寶物爲七寶，即金（Suvarna）、銀（Bīnpya）、琉璃（Vaidūrya）玻璃（Sphatika）、硨磲（Musāragalva一種背有車紋的海貝）、赤珠（Rohita-mukla）、瑪瑙（Asīmagarbha），有的經典上列有玫瑰、琥珀、珊瑚，雖品種大同小異，但都湊成七寶之數。其實七寶都是古印度王宮和婆羅門珍藏的貴重物品，有的則是市場流通幣。佛家所說雨種種寶，不是簡單地說從虛空中落下七寶。佛家描寫劫初成時，大雨下了成千上萬年，水滿漫到一禪光音天才止，有

大風起吹波鼓沫，水沫聚凝才形成自然七寶的天宮，即初禪的梵天宮；大水逐漸減退，又是大風吹波鼓沫凝結成欲界六天；大水再減，水沫才凝成須彌山、諸鹹海、金山、部洲等。這種世界形成模式，是古代佛家憑藉哲理的智慧，構擬出來的。

❺**雨無量福報及無量善根之雨**：意即攝受正法所獲的福報、所種的善根，就像劫初成時所下的雨那樣廣大。

❻**三千大千界藏**：是三千大千世界華藏的略說。佛家以非凡的智慧構擬了一個非常恢宏而美麗的宇宙。這個宇宙由無數的個體世界結成梯級的系統形式，頗類似於現代宇宙觀中的星球、太陽系、星團、星系、超星系、總星系。一個世界由下至地下的地獄，上至梵世界、有日月環繞的須彌山的空間構成，這一世界在佛家視爲一微塵。一千個世界稱爲一小千世界，一千個小千世界爲一中千世界，一千個中千世界爲一大千世界。由於一個大千世界中包括小、中、大三個級別千數，所以又稱爲三千大千世界，共包含十億個世界。佛家又把三千大千世界作爲微塵。恆河沙數三千大千世界構成「佛剎微塵數世界」，又叫「一國土」。每「一國土」有一教主，我們地球人居住的世界所屬的國土名爲娑婆界毘盧遮那如來佛剎，教主

即釋迦牟尼佛。

二十個佛剎微塵數世界上下重疊構成二十重華藏世界，座落在「摩尼（Mani即珍珠）王蓮華（花）」上，蓮花幢（柄）深植於無邊的「無邊妙華光香水海」中。無數的「二十重華藏世界」又組成「十不可說世界微塵數剎種」座落在「總大蓮華」之上，此「總大蓮華」的幢又深植於不可思議大的「普光摩尼香海」中。所以整個宇宙，佛家又通稱爲華藏世界，即世界被含藏在重重蓮華之中。佛家往往只看重華藏之說的象徵義，即意味佛法勝妙廣大。

隋代的吉藏在《勝鬘經寶窟》中注釋說：「隔別故稱爲界，三千苞含人物目之爲藏。」

❼四百億種種類洲：洲即部洲。佛家構擬的世界以須彌山爲中軸，須彌山四周爲七金山（七輪圍山），山之間爲七重香水海。七金山外又有由鐵構成的輪圍山，名鐵圍山。鐵圍山內有鉅大的鹹海，鹹海中東南西北各有一洲，總名爲「四大部洲」或「四天下」，東方爲「勝身洲」；南方爲「瞻部洲」，佛家認爲我們地球人就住在此洲上；西方爲「牛貨洲」；北方爲「俱盧洲」。每大部洲中間有兩中洲，共八中洲

，此外有無數小洲。四百億種種類洲，就是泛指三千大千世界的十億世界中的大、中、小種種洲。

❽**一切世間**：佛家稱衆生界爲有情世間，自然界爲器世間。佛家又認爲「一切世間」爲穢土，虛幻不實，住世間的衆生因執念世塵難逃生死苦海。經文此處則講「攝受正法」可以教化世間衆生使之離苦趨樂，棄妄契眞。

❾**出世間安樂劫成**：意即「攝受正法」可以使衆生涅槃成佛，超出世間的安樂而享佛國淨土的無量福德，超脱器世間的劫變而永離大劫成壞災禍（佛家講大劫成壞過程中有大三災即風、水、火和小三災即饑饉、疾疫、刀兵，令衆生苦不堪言）。

❿**善男子、善女人**：佛家所説的善、不善，除了以一般倫理道德爲標準外，主要是以依不依佛法爲標準的。

⓫**大地**：此處大地不是指通常所講的大塊土地，而是修行入佛道所達到境界之高。地，修法入道獲佛性聖位爲地，又稱爲住。大乘將菩薩地分爲十地，獲得的高地位稱爲大，所以大地就是菩薩進入的高地（高境界）。

⓬**離善知識**：此處的知識不是意指知事識理，而是友或知友的意思。此人對彼人非常

熟悉了解（知心識面貌）並能施加影響，此人就是彼人的知人、友人、知友稱爲知識。友人有善有惡，引人作惡爲惡知識；導人向善爲善知識，有時也簡稱爲知識。佛家所說的善知識，是指導引人行善修佛的知友。離善知識，意即與導引人行善修佛的知友絶交。

⓭**無聞**：即無聞佛道，沒有聽受過佛道。

⓮**非法**：即非佛法，否定佛法。此處的非法與空宗經常講的「非法」、「非非法」的概念完全不同。

⓯**聲聞乘**：梵語爲舍羅婆迦（Śrāvaka），指通過聽受佛的聲教、領悟四諦的義理得道的小乘弟子。大乘興起後，認爲聲聞乘不過是佛道中的最下根。

⓰**緣覺乘**：梵語爲辟支佛（Pratyekabuddha），又作獨覺乘，指雖然沒有師友導引，但憑著自己智慧觀悟到十二因緣的義理，從而得入佛道；也屬小乘弟子，大乘弟子認爲緣覺乘要比聲聞乘根性強，所以有的經籍說緣覺乘爲中乘。

⓱**法母**：隨順佛道並受到佛法養益的一般信徒爲法子，以佛道普度教化一切衆生則爲法母。

⑱**大地有四種寶藏**：此處大地確指陸地，四種寶藏泛指大地上所有的不同價值的寶物藏器。

⑲**奇特**：梵語爲阿闍理貳（Āścarya），意思是獨一無二。

譯文

「世尊！完全循依攝受正法去奉行攝受正法，與眞正佛法本身沒有什麼不同，與攝受正法本身沒有什麼不同，眞正的佛法本身也就是攝受正法。世尊！它與將衆生由生死此岸度到涅槃彼岸的法門沒有什麼不同，與攝受正法沒有什麼不同。攝受正法，也就是將衆生由生死此岸度到涅槃彼岸的法門，什麼緣故呢？

「因爲奉攝受正法的善男子、善女人，對於應當運用布施法門使人們歸依佛門修成正果的，就運用布施的法門使人們歸依佛門修成正果，縱使犧牲自己的身體，甚至被肢解，也要維護他們的心意，使他們歸依佛門修成正果，使得那些歸依佛門修成正果的人們能建樹眞正的佛法，這就稱爲以布施度人到涅槃彼岸的法門。

「對於有些人，應當運用戒法使他們歸依佛門修成成果，就以防守維護自己的眼、耳、鼻、舌、身、意六感官，使感官不受塵世惡穢垢染；使自己身、口、意的造作趨善離惡，甚至端正自己的行、住、坐、臥的威儀，好好維護他們的心意，使他們歸依佛門修成正果，使得那些歸依佛門修成正果的人們能建樹眞正的佛法，這就稱爲用戒法度人到涅槃彼岸的法門。

「對於有些人，應當運用忍辱法使他們歸依佛門修成正果，如果那些人竟然無端咒罵、敗壞、侮辱人，造謠損害、恐嚇威脅人，就抱著不懷怨恨的心、竭力盡意利益他人的心，以極度忍耐別人的怨恨、迫害的能力，即使面臨種種屈辱、侵害，也安祥忍受，臉色不變，維護他們的心意，使他們歸依佛門修成正果，使得那些歸依佛門修成正果的人們能建樹眞正的佛法，這就稱爲用忍辱法度人到涅槃彼岸的法門。

「對於有的人，應當運用精進法使他們歸依佛門修成正果，於是對待那些人不起懈怠心，要生起濟度他們的崇高理想，抱定這理想萬難不渝，努力不已，甚至保持行、住、坐、臥的儀表威德，來維護他們的心意，使他們歸依佛門修成正果，使得那些歸依佛門修成正果的人們能建樹眞正的佛法，這就稱爲用精進法度人到涅槃彼岸的法門。

「對於有的人，應當運用靜慮法使他們歸依佛門修成正果，於是對待那些人要用恆定不受塵世汚穢擾亂的心，不向外馳求的心、專注求索佛法契合眞如的最上心念，使他們長久時間做過、說過的佛事也始終不會忘記，以此維護他們的心意，使他們歸依佛門修成正果，使得那些歸依佛門修成正果的人們能建樹眞正的佛法，這就稱爲用靜慮法度人到涅槃彼岸的法門。

「對於有的人，應當運用智慧法使他們歸依佛門修成正果，當那些人詢問一切佛法義理，要安然無畏地向他們講演一切闡釋佛道義理、一切解知工藝技術的基本原理的智慧，甚至向他們傳授掌握種種工藝、技術、算曆的本領，好好維護他們的心意，使他們歸依佛門修成正果，使得那些歸依佛門修成正果的人們能建樹眞正的佛法，這就稱爲用智慧度人到涅槃彼岸的法門。

「所以，世尊！眞正的佛法本身，與將衆生由生死此岸度到涅槃彼岸的法門沒有什麼不同，與攝受正法沒有什麼不同。攝受正法，就是將衆生由生死此岸度到涅槃彼岸的法門。」

原典

「世尊！攝受正法攝受正法者❶，無異正法，無異攝受正法。正法即是攝受正法。世尊！無異波羅蜜❷，無異攝受正法。攝受正法即是波羅蜜，何以故？

「攝受正法善男子、善女人，應以施❸成熟者，以施成熟，乃至捨身支節❹，將護彼意而成熟之，彼所成熟眾生建立正法，是名檀波羅蜜。

「應以戒成熟者，以守護六根❺，淨身、口、意業❻，乃至正四威儀❼，將護彼意而成熟之，彼所成熟眾生建立正法，是名尸❽波羅蜜。

「應以忍成熟者，若彼眾生罵詈、毀辱❾，誹謗、恐怖，以無恚心、饒益心❿、第一忍力⓫，乃至顏色無變，將護彼意而成熟之，彼所成熟眾生建立正法，是名羼提⓬波羅蜜。

「應以精進成熟者，與彼眾生不起懈心，生大欲⓭心，第一精進⓮，乃至若四威儀，將護彼意而成熟之，彼所成熟眾生建立正法，是名毘梨耶⓯波羅蜜。

「應以禪成熟者，於彼眾生以不亂心、不外向心⓰、第一正念⓱，乃至久時所作，久時所說，終不忘失，將護彼意而成熟之。彼所成熟衆生建立正法，是名禪波羅蜜。

「應以智慧成熟者，彼諸衆生問一切義，以無畏心而爲演說一切論⑱、一切工巧究竟明處⑲，乃至種種工巧諸事，將護彼意而成熟之。彼所成熟衆生建立正法，是名般若波羅蜜。

「是故，世尊！無異波羅蜜，無異攝受正法。攝受正法即是波羅蜜。」

注釋

❶**攝受正法攝受正法者**：這種表述的通俗意義是眞實地、全面地、不懈地奉行攝受正法。這類詞句重迭表述法在佛籍中屢見不鮮。者，表提下文或停頓語氣，並沒有實義。

❷**無異波羅蜜**：意指攝受正法與度衆生到涅槃彼岸的法門沒有什麼不同。經文接下去就講到奉行攝受正法的人應該怎樣去施行六度。

❸**施**：布施的略語，梵語爲檀那（Dāna），略爲檀。布施即將福施給別人，以施財

爲主，不限於財。如對無聞佛法的人傳授佛法，又可作施解，即施法。

❹**支節**：肢解。

❺**守護六根**：根的意義在「能生」，六根意指六種感官能生出六識即眼識、耳識、鼻識、舌識、身識、意識。六根又稱六處，意即六種感官是六識所生起的處所。

❻**淨身、口、意業**：使身體、語言、思想造作趨向善。業，梵語爲羯磨（Karma），意即行爲造作。佛家以道德倫理爲標準將業的性質分爲善、惡、無記（不善也不惡）。

❼**正四威儀**：指行、住、坐、臥四種威儀。爲比丘、比丘尼所必須遵守之儀則，亦即日常之起居動作須謹愼，禁放逸與懈怠，以保持嚴肅與莊重。佛教中之三千威儀、八萬細行等，皆不出行、住、坐、臥。

❽**尸**：梵語尸羅（Śila）的略説，直接意譯爲清涼，又意譯爲戒。佛家説人的身、口、意業一旦趨於犯罪便會使人的情感欲念燒熱不住，行爲狂熱，施行戒法就可以將情感欲念及行爲的邪熱降退並息滅。

❾**罵詈、毀辱**：詈通罵，毀通譭。

⑩**饒益心**：饒益原義爲以豐厚財資利益他人，此處意思是竭力盡心利益他人。饒，豐富、富足。

⑪**第一忍力**：佛家對忍有細緻的分析，各宗派對忍的劃分、釋義不同，多數佛派講第一忍力是忍耐別人怨恨迫害的能力。

⑫**羼提**：Kṣānti即忍辱的梵語。忍耐迫害，能對治瞋恚，使心安住。

⑬**大欲**：指正欲，善的企求，相當於崇高理想，不是五欲的欲。

⑭**第一精進**：佛家對精進有細緻的分析，有一種通常三分法：第一精進爲被甲精進，即懷有菩薩矢志普度衆生的理想，萬難不渝，努力不已，就像披著堅甲前進；第二精進爲攝善精進，即勤修善法不倦；第三爲利樂精進，勸化衆生不倦。另又解釋爲最上精進。

⑮**毘梨耶**：Virya精進的梵語，也音譯爲尾唎也。

⑯**不外向心**：指心向外馳求，有了此心，定就不成。

⑰**第一正念**：人的思想意識能捨棄世相虛妄，專注於求索契合眞理爲正念，達到堅固抗擾無所畏懼地修持佛法爲第一（最上）正念。

⑱**演說一切論**：宣傳講解一切闡釋佛道義理的理論。論的梵語爲優婆提舍（Upadeśa），這個梵語源於「十二部經」中的優婆提舍，通譯爲論義經，它採用的論經表述方式與其他各部明顯不同，即通篇運用問答討論辨析抉擇的方式闡釋佛法義理，或佛自設問，或佛與弟子對答。其他如第一部經修多羅（Sūtra），爲經典中直接宣說佛法義理的長行文；第三部經伽陀（Gāthā）爲詩體頌詞。根據十二部經，論的涵義可以理解爲以問答討論形式闡釋佛法義理。後來經藏的編排漸漸通行爲大藏經典之類的三藏，即經藏、論藏、律藏。經藏是佛教導弟子所說的義理；律藏是佛爲弟子擬定的日常宗教生活須遵守的規則；論藏是佛的弟子們爲闡釋佛經的義理所作的一切著述，這些著述由於部派、宗流的演變影響，實際上已形成了種種佛教流派的不同佛學理論。根據三藏編排現象和佛教流派演變的實際，論的涵義又可以理解爲後世弟子的佛學系統理論。考《勝鬘經》約產生於印度大乘佛教的中期，那時佛陀的後世弟子早已撰述了許多闡釋佛義的系統理論著作，並誕生了佛教史上的一系列劃時代的專家論師，如印度大乘中期的偉大論師就有龍樹、無著、世親等。綜合以上所述，所以把《勝鬘經》此處所說的一切論釋爲一切闡釋佛道義理的理論。

⑲**一切工巧究竟明處**：工巧，工藝技巧，包括工藝、園藝、建築、地理物產、天文算曆等等；究竟，佛家一般指終極眞理，此處可解釋爲基本原理或規律或基本理律；明，智慧的別稱。佛教要求弟子除了領悟抽象的佛法義理、修習契合眞如理體外，還要掌握社會實用的技藝及其他各項本領，於是有了五明的要求：㈠聲明，明言語文字；㈡工巧明，明一切工藝技術算曆等；㈢醫方明，明醫療衛生術；㈣因明，明考辨議論的學問，俗稱論理邏輯學；㈤內明，明教內義理宗旨。其實五明的要求並非佛教所專，當時印度各教派都提倡，可見掌握服務社會的本領是古代印度的時尚。綜上所述，一切工巧究竟明處可以理解爲理解一切工藝技術基本原理的智慧。

譯文

勝鬘夫人接著說下去：「世尊！我現在應當秉承您的威德神力，再進一步說說攝受正法所有的『廣大』的涵義。」

佛說：「請說吧。」

勝鬘夫人對佛說：「完全循依攝受正法去奉行攝受正法，與攝受正法本身沒有什麼不同，與奉行攝受正法的人本身修行沒有什麼不同。奉行攝受正法的善男子、善女人，他們的修習行爲本身就是攝受正法。什麼緣故呢？

「如果奉行攝受正法的善男子、善女人，爲了施行攝受正法，毅然棄捨自己的三個重要部分——三個重要部分是什麼？說的是身體、生命、財富。

「在修佛行善的男子、女人中，爲奉行攝受正法而捨棄自己身體的人，能超越生死進入涅槃境界，脫離衰老、疾病、死亡，獲得不會敗壞的、沒有生滅變遷的、永恆存在的、具有不可思議的功德，作爲絕對眞理體存在的如來本身。

「爲奉行攝受正法而捨棄自己的生命的人，能超越生死進入涅槃境界，究竟脫離死亡，獲得廣大無邊無際的、沒有生滅變遷永恆存在的、不可思議的功德，通曉掌握一切甚深的佛法，沒有任何滯礙。

「爲奉行攝受正法捨棄財富的人，能超越生死進入涅槃境界，獲得一切凡俗衆生不可能有的、廣大無盡又不會減少的、究竟沒有生滅變遷永恆存在的、不可思議的、圓滿充足的功德，能得到一切衆生特出希有的、超絕妙好的供養。

「世尊！善男子、善女人，像這樣捨棄身體、生命、財富來施行攝受正法，不管什麼時候都會被諸佛預言將來成佛，都會被世上一切衆生恭敬仰望。

「世尊！再說到善男子、善女人奉行攝受正法。當佛法將要衰滅的時候，那些比丘、比丘尼、優婆塞、優婆夷，爲爭奪私利、排斥異己結成宗派集團，破壞佛法，分裂教團。善男子、善女人爲攝受正法，導引他們不要犧牲正法去迎合巴結不善的人，不要用瞞哄的方式欺騙人的事，不要用虛幻相和僞善待人；要喜愛眞正的佛法，以奉行眞正的佛法爲樂，要信奉攝受正法，從而歸入奉行攝受正法弟子教團中。歸入奉行攝受正法的佛教弟子教團，一定會被諸佛授記將來成佛。

「世尊！我見到佛傳授的攝受正法竟有如此廣大的效力。佛眞是具有透過一切現象認識眞如實相的能力和智慧，佛本身作爲萬法根本的眞如理體而存在，並能通曉把握一切法門，還能知道、見到世上的一切。」

原典

「世尊！我今承佛威神，更說大義。」

佛言：「便說。」

勝鬘白佛：「攝受正法攝受正法者，無異攝受正法，無異攝受正法者。攝受正法善男子、善女人，即是攝受正法，何以故？

「攝受正法善男子、善女人，爲攝受正法，捨三種分❶——何等爲三？謂身、命、財。

「善男子、善女人捨身者，生死後際等，離老、病、死，得不壞常住、無有變易、不可思議功德如來法身❷。

「捨命者，生死後際等，畢竟❸離死，得無邊常住不可思議功德，通達一切甚深佛法。

「捨財者，生死後際等，得不共一切衆生無盡無減，畢竟常住、不可思議具足❹功德，得一切衆生殊勝❺供養。

「世尊！如是捨三種分善男子、善女人攝受正法，常爲一切諸佛所記❻，一切衆生之所瞻仰。

「世尊！又善男子、善女人攝受正法者，法欲滅時❼，比丘、比丘尼、優婆塞、優婆夷❽，朋黨諍訟，破壞離散，以不諂曲、不欺誑、不幻僞，愛樂正法，攝受正法入法朋中。入法朋者，必爲諸佛之所授記。

「世尊！我見攝受正法如是大力，佛爲實眼❾、實智，爲法根本❿，爲通達法，爲正法依，亦悉知見。」

注釋

❶**三種分**：三種部分。佛籍中分部、分類、分章等喜用「分」字，有的經文的分章，不說第幾章，而說第幾分，如《金剛般若波羅蜜多經》；有的經文分類喜說某某分，如序分、正宗分、流通分；有的說經文有幾部也習慣說有幾分，如無著作論共有五部，常說成五分。其他許多概念，尾部綴有分字，意義大抵如此。再說分字古音並非輕唇音（唇齒音），發音與部字相似。所以，此處三種分應釋爲部分。另《勝鬘經》的另一譯本《勝鬘夫人會》略去了「三種分」這類字眼。

❷**法身**：梵語爲達磨柯耶（Dharmakāya），佛三身之一。佛家認爲佛有實相眞如的身，隱時（抽象）存在爲法，顯時（顯形、其實爲人格化或徵象化）爲法身，《大乘同性經》下說他「如來眞法身者，無色、無現、無著、不可見、無言說、無住處

、無相、無報、無生、無滅、無譬喻。」這種一連串否定式表述法最符合佛家的原意，但畢竟難以爲常人所理解，要確指他，只有把他想像成遍虛空無窮大，所以法身佛又名爲毘盧遮那佛（Vairocana），意譯爲遍一切處、淨滿、光明照、遍照等，也有乾脆譯爲大日的。《阿彌陀經》中把佛法身想像得更爲具體了。

❸**畢竟**：究竟、到底。佛家所說的畢竟、究竟，意味著入佛涅槃、超脫生死、獲終極眞理。

❹**具足**：佛家常用此字眼形容佛法功德。與此字眼同義的還有圓滿。

❺**殊勝**：特出希罕爲殊，超絕妙高爲勝。佛家常用此語形容佛事、佛法、佛相等。

❻**所記**：所記別、授記，即所作預言。

❼**法欲滅時**：佛家認爲諸佛法都有一個漸滅過程，一般分爲正、像、末三階段；㈠是正法階段，即佛陀剛剛去世，但是法儀猶在，證悟佛法的人仍然不少；㈡是像法階段，即佛陀去世很久了，佛陀本原的佛法逐漸發生變異訛化，正法變爲似法（與正法相似的教法）；㈢是末法階段，離佛陀去世的年代非常久遠，所流傳的所謂佛法僅存本原佛法的一分，常人修正證果没有實效。相傳釋迦牟尼佛的正法階段爲五百

年，佛籍中常有「法滅後五百年」之說；像法階段爲一千年；末法階段爲一萬年。三階段一過，佛法即全部滅盡。

❽**比丘、比丘尼、優婆塞、優婆夷**：比丘（Bhikkhu），二十歲以上的受具足戒的出家男子；比丘尼（Bhikkhuni），二十歲以上的受具足戒的出家女子；優婆塞（Upāsaka）居家的男信徒；優婆夷（Upāsikā）在家的女信徒。

❾**實眼**：佛家將人們認識世界和眞理的能力，按佛學淺深標準分爲五等，㈠爲肉眼，世俗人智慧只能受塵世限制；㈡爲天眼，爲色界天衆修禪定所得；㈢爲慧眼，修二乘的人能領悟眞空無相的義理；㈣法眼，修大乘的人爲普度衆生能掌握一切法門；㈤實眼，能透過一切現象認識把握眞如理體。

❿**法根本**：亦即法本，法性，法性爲萬法的根本。法性就是佛家所說的眞如理體。

譯文

這時，世尊聽了勝鬘夫人說的奉行攝受正法具有大精進力，生起了隨喜心，說道：「是這樣的，勝鬘！如你說的，奉行攝受正法具有大精進力，這力量就像一個善於技擊、力大無窮的人，稍微觸及一下人的要害部位，就會使人遭受極大的苦痛。是這樣的，勝鬘！稍微施行少分攝受正法就能使諸天中的魔王苦惱，我還沒有見過其他的某種善法能夠使得魔王產生憂愁痛苦的心。又像牛中之王，長得壯偉力大無比，勝過其他所有的牛。是這樣的，修習大乘教法的菩薩，稍微奉行攝受正法所具有的善性，就勝過其他一切修習聲聞乘、緣覺乘教法的人所具有的善根，這都是由於攝受正法效力廣大的緣故。又比如須彌山王，被四種珍寶、群天列仙、樹林宮殿妝飾，勝妙無比世上希有，勝過其他一切七金山、鐵圍山。是這樣的捨棄身體、生命、財富的大乘教徒，以懷抱攝救一切衆生的心，奉行攝受正法，勝過不捨棄身體、生命、財富，修到大乘教法佛道初階的人所具有的一切善性；當然是更勝過修習聲聞乘、緣覺乘教法的人所具有的善性了，這都是因爲攝受正法效力廣大的緣故。

「所以，勝鬘！應當將攝受正法開示衆生，啓迪衆生，教化衆生，使衆生歸依佛門，修成正果，獲得無量功德。是這樣的，勝鬘！攝受正法能導致這樣大的利益、這樣大的福德、這樣大成果。勝鬘！我在無量阿僧祇劫時演說攝受正法的功德、義利，得以廣大無邊，不再受到有限的制約，所以奉行攝受正法能獲得無量無邊的功德。」

原典

爾時，世尊於勝鬘所說攝受正法大精進力，起隨喜❶心：「如是，勝鬘！如汝所說攝受正法大精進力，如大力士❷，少觸身分，生大苦痛。如是，勝鬘！少攝受正法❸，令魔苦惱❹，我不見餘一善法令魔憂苦❺，又如牛王❻，形色無比❼，勝一切牛。如是大乘，少攝受正法，勝於一切二乘善根，以廣大故。又如須彌山王❽，端嚴❾殊特，勝於衆山❿。如是大乘捨身、命、財，以攝取心攝受正法，勝不捨身、命、財初住大乘⓫一切善根，何況二乘，以廣大故。

「是故，勝鬘！當以攝受正法開示⓬衆生，教化衆生，建立衆生。如是，勝鬘！攝受正法，如是大利，如是大福，如是大果。勝鬘！我於阿僧祇劫說攝受正法功、德、義、利，不得邊際。是故攝受正法，有無量無邊功德。」

注釋

❶**隨喜**：見別人做善事，隨著產生由衷的喜悅。

❷**大力士**：有技擊專長力大無窮的人。《勝鬘夫人會》同一內容的文字是這樣寫的：「如大力士微觸末摩，生大苦痛，更增重病。」意即大力士技擊手段高超無比，只要觸及人的死穴，就使人痛苦萬分，更增生重病。佛家武功認爲人體有一百二十處重要關節穴位，即末摩（Marman），意譯爲死穴、支節、死節等。輕觸則極痛苦，重觸能致人昏迷以致斷命。

❸**少攝受正法**：稍微施行攝救教化衆生的眞正佛法。意即攝受正法效力廣大，稍微施行一下就起大效得大功德。

❹**令魔苦惱**：使天上魔王苦惱。魔，即他化自在天主。

❺**不見餘一善法令魔憂苦**：沒見到能用其他的某一善法能使魔王產生憂苦心。意即只有「攝受正法」才能對魔王起作用。

❻**牛王**：牛中最壯大有力的。佛家喜用壯大的獅、象、牛比喻佛、菩薩，這與古印度獅、象、牛多且受到重視有關。

❼**形色無比**：長得壯偉力大，勝過其他一切牛。形，體形；色，體質，不是指牛的毛顏色。

❽**須彌山王**：須彌山高過其他的七金山、鐵圍山，故稱爲王。

❾**端嚴**：也作莊嚴、嚴飾。其實端嚴、嚴飾都是從莊嚴派生出來的。端嚴不能望文生義理解爲端莊嚴肅，它與莊嚴同義，而莊嚴也不能理解爲嚴肅莊重。原來莊嚴本是佛家專語，並非古代漢語所固有。上古漢語中，莊和嚴不連用，二者原是同義詞，可以換用，如漢明帝時，有名叫嚴助、嚴光、嚴遵的，原本姓莊，均因違帝諱改姓爲嚴。後來佛教翻譯家將莊字和嚴字組合成一個復音詞來翻譯佛經中的某特殊語義。由於莊嚴一詞在佛經中使用頻繁，遂影響到世俗漢語，於是世俗漢語又將莊嚴一詞引進來，不過意義演變爲嚴肅莊重，與佛經中的莊嚴的涵義相去甚遠。綜合佛籍中莊嚴的種種用法及有關的古注，可將佛家的莊嚴的涵義概括爲以圓滿充分、盡善盡美的形式將對象（多數是佛、菩薩、淨土及與佛有關的人物）妝飾得超絕勝妙。

❿**勝於衆山**：勝過其他的七金山、鐵圍山。佛籍記載，須彌山純由金、銀、琉璃、玻璃四寶構成，有樹林郁茂，芬香萬里；居住的都是聖賢、天衆及享有福德的神衆夜叉，而且都擁有珍寶構成的壯偉輝煌的宮殿；從山下海平面到山頂高有八萬四千由旬。

⑪**初住大乘**：佛家將菩薩修得佛道的過程按由低到高分爲十個階段，名爲十住，又名十地。十地的劃分及命名各經不盡同，按大乘一般分法，初地即爲歡喜地，住此地的菩薩，修行滿初阿僧祇劫，破除了見惑，證得二空的義理，成就檀波羅蜜，從而初得聖位，生大歡喜。

⑫**開示**：以佛家所具有的眞知灼見啓迪教化人。開，敞開眞知灼見；示，顯示眞知灼見全部內涵。開示合用作及物動詞，意即向人講明佛的眞知灼見以達到啓迪教化人的目的。

5 一乘章

譯文

佛對勝鬘夫人說：「你現在再進一步演說所有的佛都講授的攝受正法。」

勝鬘夫人對佛說：「好啊！世尊！那我就講，請您指教。」

勝鬘夫人隨即對佛講了起來：「世尊！攝受正法，就是大乘教法。什麼緣故？大乘教法，生出一切聲聞乘、緣覺乘，生出一切世間的與超脫世間涅槃成佛的善法。世尊！就像那雪山上的無熱湖，分出八條大河，如此大乘教法，產生出一切聲聞乘、緣覺乘、世間的與超脫世間而涅槃成佛的善法。世尊！又像一切植物種子，都只有依賴土地才能生長，如此一切聲聞乘、緣覺乘、世間的與超脫世間而涅槃成佛的善法，都只有依賴大乘教法才能增長。所以，世尊！堅定地安住、信仰和奉行大乘教，施行攝救教化眾生的大乘法門，也就是堅定地安住、信仰和奉行聲聞乘教、緣覺乘教，施行攝救教化人的聲聞乘和緣覺乘的、一切世間的與超脫世間而涅槃成佛的善法。

「比如世尊說到的六處，什麼是六處？說的是正法住世（佛法住世）；正法衰滅；受持比丘比丘尼戒，身、口、意的惡業，即得別別解脫；如法修學戒律，對於身口七支的惡業，就能降伏而滅除，離開家室親人，專門修習佛道、接受一切防止違悖佛道行爲心念的戒法。您是爲了闡揚大乘教法才講述這六處的。爲什麼這樣說呢？安住眞正的佛法，是爲闡明大乘教法才說它的，因爲安住大乘教就是安住眞正的佛法。依眞正的佛法涅槃，也是爲闡明大乘教法才說它的；依大乘教法涅槃，也就是依眞正的佛法涅槃。防止邪惡過非以至處處解脫、調和身、口、意造作趨善和制伏邪惡過非，這兩種法門，義理是同一的，只是名稱不同，調和身、口、意造作趨善和制伏邪惡過非，也就是修習大乘教法。什麼緣故呢？因爲歸依佛門學大乘教，得離開家室親人修習佛道，接受一切防止違悖佛道行爲心念的戒法，所以要講明大乘教的維護儀態威德的種種戒法。大乘的這些戒法，也就是能降伏而滅除身口七支的惡業，也就是離開家室親人修習佛道，也就是接受一切防止違悖佛道行爲心念的戒法。

原典

一乘章❶第五

佛告勝鬘：「汝今更說一切諸佛所說攝受正法。」

勝鬘白佛：「善哉！世尊！唯然❷受教。」

即白佛言：「世尊！攝受正法者，是摩訶衍❸。何以故？摩訶衍者，出生一切聲聞、緣覺，世間、出世間善法。世尊！如阿耨大池❹，出八大河❺，如是摩訶衍，出生一切聲聞、緣覺，世間、出世間善法。世尊！又如一切種子，皆依於地而得生長；如是一切聲聞、緣覺，世間、出世間善法，依於大乘而得增長。是故，世尊！住於大乘攝受大乘，即是住於二乘攝受二乘，一切世間、出世間善法。

「如世尊說六處，何等爲六？謂正法住、正法滅❻、波羅提木叉❼、毘尼❽、出家❾、受具足❿，爲大乘故說此六處。何以故？正法住者，爲大乘故說，大乘住者即正法住。正法滅者爲大乘故說，大乘滅者即正法滅。波羅提木叉、毘尼，此二法者，義一名異。毘尼者即大乘學，何以故？以依佛出家而受具足，是故說大乘威儀戒，是毘尼，是出家，是受具足。

注釋

❶一乘章：這一章敍勝鬘夫人在佛的啓示下進一步演說三乘歸入一乘的義理。此章是《勝鬘經》中最長、也是最繁難的一章。揣其思路可大體分爲五層意思：

(一)攝受正法就是大乘，大乘之學，它涵蓋或產生二乘及世間、出世間一切善法；並進一層講述到六處，以說明大乘廣攝一切善法的具體義學。

(二)講到作爲二乘最高果位的阿羅漢、辟支佛，不能完全按六處要求修習，只能修得有限功德，因而離眞正涅槃還遠著，也因而也不能得「不受後有智」，還存在著煩惱不能斷。

(三)重點論述了二乘所不能斷的煩惱中的無明住地煩惱，指出只有斷了無明住地煩惱才能一切諸法通達無礙，得以不受後有。

(四)講述了「不受後有智」的兩種境界。

(五)論述了三乘歸入一乘，闡釋一乘道法即佛乘、第一義乘。

❷**唯然**：唯唯、唯諾，謙恭地應答。唯，讀作ㄨㄟˇ偉。

❸**摩訶衍**：摩訶衍那（Mahāyāna）的略說，即大乘或大乘法。Mahā摩訶即大，Yāna即乘。

❹**阿耨大池**：也作阿耨達池、阿那婆達多（Anavatapta）池。池，湖；阿耨達，無熱。佛籍說阿耨大湖在南瞻部洲的中心，香山以南，大雪山以北，周圍八百里，金、銀、琉璃、玻璃妝飾著湖岸，岸邊金沙彌漫，湖中清波如鏡。有八地菩薩化爲龍王，住在湖底宮室裏，吐出清冷的水，源源供給南瞻部洲。這是古代印度人民對恆河源頭的猜測，近代以來不斷有人實地探尋，有個叫海丁的瑞典人遊歷西藏，發現有一個封閉型的淡水湖，名叫瑪拉薩羅瓦湖，海丁認爲此湖水潛流地中即成爲恆河的源頭。

❺**出八大河**：由阿耨大池生出八大河滋潤南瞻部洲，實際上是指古印度。佛籍記載大都說是出四大河，(一)是殑伽河，即恆河（Gaṅgā），爲印度三大河之一，發源於喜瑪拉雅山南麓，佛籍中說它從阿耨大池的東面出，入東南海，實爲孟加拉灣。(二)是

信度河，也作辛頭河（Sindhu），即印度河（Indus），從阿耨大池的南面出，入西南海，其實爲阿拉伯海。㈢是縛芻河，也作縛叉河（Vakṣu）從阿耨大池的西面出，入西北海。㈣是徙多河，也作私陀河（Śītā），從阿耨大池的北面出，入東北海，其實爲中國的長江之源，注入東海。佛籍中說一河中有黃金，一河中有金剛石，一河中有紅寶石，一河中有琉璃，湖中蓮花滿佈。說八河也有現實依據，印度河、恆河上游的支流很多，恆河最著名的支流即朱木拿河（Vamunā, Jumna），印度河最著名的支流即五河（Pañjab），梵語爲旁遮普，居於五河流域的旁遮普省即由此五河而得名。

❻**正法滅**：正法之滅，以正法滅之，此處的滅不同於前面的「法欲滅」的滅；不能解釋爲衰滅，應釋爲滅之法。滅即滅除一切情欲與妄相，脫離生死，涅槃爲佛，涅槃（Nirvāna）也譯作滅。佛教各派都講滅；此處正法滅是講的大乘眞正的佛法所要求達到的涅槃境界。

❼**波羅提木叉**：Pratimokṣa戒律的梵語音之一。戒律的梵音還有尸羅Śila、優婆羅叉Vpalakṣa、毘尼Vinaya。指七衆防止身口七支等過，遠離諸煩惱惑業而得解脫所受

持之戒律。戒律即爲佛弟子防止邪惡過非心念行爲所制定的禁條律法。佛家又將波羅提木叉意譯爲別解脫、處處解脫。〈勝鬘夫人會〉經文即作別解脫。別，不能誤會成不要，別是防止的意思，別解脫意即遵守禁令律法防止邪惡過非汚染身心，從而達到清淨解脫。

❽**毘尼**：梵語毘奈耶（Vinaya）的略說，雖意也是戒律，但佛家對此梵詞習慣譯爲滅、調伏。因能滅惡行邪念，所以稱爲滅。因能調和身、口、意的造作趣向善，制伏、除滅惡行惡念，所以稱爲調伏。

❾**出家**：梵語爲波吠儞野（Aranyaka），意即離開家室親人，接受一定教法戒律修習一定教道。在古印度，出家並非僅就佛教而言，凡須修行的各種外道也有出家的要求。出家並非都是指入寺爲僧，菩薩居士心出家也叫出家。不過《勝鬘經》此處的出家，則是強調身、心都出家，即出家做比丘、比丘尼。

❿**受具足**：也作受具、受具足戒。受戒即接受或遵守教法所擬定的禁條。佛教戒有四級，即五戒、八戒、十戒、具足戒。十戒、具足戒爲出家戒。具足戒，即凡是有違佛法的行爲和心念都要戒防除滅，具足即圓滿充足，是不可確數的。佛家爲了使具

足戒給人強烈印象，也以數來說明，稱僧的戒條略說二百五十，廣說八萬，其實無量；尼的戒條略說五百，實爲三百四十八，廣說八百，其實爲無量。不過，爲了使具足戒切實可行，還是以列舉具體戒條的時候多，其分類如下表：

戒目 ＼ 項數 ＼ 衆別	比丘	比丘尼
波羅夷（無餘） Pārājika	四	八
波羅提提舍尼（向彼悔） Pratideśanīya	四	八
不定	二	
波逸提（墮罪） Pāyattika	九十	一七八
僧伽波尸沙（僧殘） Saṁghāvaśeṣa	十三	十七
尼薩耆波逸提（捨墮） Naiḥsargika－brāyaścittika	三十	三十
突吉羅（衆學） Duṣkṛta	一百	一百
滅諍	七	七

譯文

「所以，阿羅漢，沒有別異的出家與受具足戒。為什麼是這樣的呢？因為諸阿羅漢是依如來出家、依如來受具足戒的。阿羅漢歸依佛門，阿羅漢還懷有微細的恐怖心，為什麼呢？因為阿羅漢雖說已了生死，於涅槃中住，但還有變易生死，不能通達生死涅槃的平等性，所以仍然深懷恐怖心念，好像擔心有人提著利劍時時刻刻要殺害自己。

「所以，即使修到阿羅漢也不能獲得徹底覺悟、涅槃作佛、法身無上、功德無量的無比悅樂，什麼緣故？世尊！自己已得究竟自在，不須再別求歸依，就像世間的衆生無依無怙，有種種不同的恐怖，因為有種種的恐怖，所以別求歸依。如此阿羅漢懷有恐怖心，所以歸依如來。世尊！阿羅漢、辟支佛懷有恐怖心，故知阿羅漢、辟支佛還有有餘變易生死的法不盡，所以還有生；他們沒有成就最高果位的涅槃清淨，所以修的清淨行不純淨，雜有情欲汚垢；他們所修佛事沒有達到最高境界，應當修習精進不懈；他們還沒有完全度到涅槃彼岸成佛，當有煩惱須斷，正是因為有煩惱沒有斷絕，所以他們離無上的涅槃成佛境界還遠著。

「爲什麼是這樣的呢？因爲只有如來才能受到一切衆生的供養，才能眞正覺知一切法，才能證得超脫生死的最高理想境界，成就一切功德；阿羅漢、辟支佛不能成就一切功德，說他們獲得了入滅超脫，那是佛爲了引導他們達到脫離生死的最高理想境界所採用的巧妙方法。因爲只有如來才能證得超脫生死的最高理想境界，成就無量的功德；阿羅漢、辟支佛成就的只是有限量的功德，說他們獲得了入滅超脫，那是佛爲了引導他們達到脫離生死的最高理想境界所採用的巧妙方法。因爲只有如來才能證得超脫生死的最高理想境界，成就不可思議的功德；阿羅漢、辟支佛成就的只是可以思議的功德，說他們獲得了入滅超脫，那是佛爲了引導他們達到脫離生死的最高理想境界所採用的巧妙方法。因爲只有如來才能證得超脫生死的最高理想境界，把一切應該斷滅的煩惱，全都斷滅了，成就清淨行的最高果位即究竟超脫；阿羅漢、辟支佛沒有斷盡一切應該斷盡的煩惱，沒有成就清淨行的最高果位究竟超脫，說他們獲得了入滅超脫，那是佛爲了引導他們達到超脫生死的最高理想境界所採用的巧妙方法。因爲只有如來才能證得超脫生死的最高理想境界，被一切衆生恭敬地仰望，超出阿羅漢、辟支佛、菩薩修行所能達到的境界，所以阿羅漢、辟支佛離無上的涅槃成佛境界還遠著。

「說阿羅漢、辟支佛在內心裏領悟到斷絕煩惱超脫生死的四種智慧，到底達到灰身滅智、永遠清寂的涅槃境界，也是如來爲了引導他們達到超脫生死的最高理想境界所採用的巧妙方法，是佛爲隨順阿羅漢、辟支佛所講的，尚未顯示眞實究竟的佛法理義。什麼緣故？這要說到有二種死。哪二種死呢？說的是分段生死、不思議變易生死。分段生死，說的是處在虛妄不實的三界六道中輪迴的衆生，按各自的形體段別、壽命限數生生死死。不思議變易生死，說的是阿羅漢、辟支佛、大力菩薩爲了濟度衆生，隨意受生而獲得形身，以至究竟獲得徹底覺悟。在這二種死中，以分段生死，說阿羅漢、辟支佛『我已脫盡生死果報的智慧』；因爲阿羅漢、辟支佛只領悟契合小乘修行的果位，尙未達到究竟果位，仍受著生死果報，所以說『清淨涅槃行已建立的智慧』；凡夫與人天是不能辦到的，七種修學佛道的僧伽也還未作到，因爲阿羅漢、辟支佛因斷盡虛僞煩惱，所以說他們『所作已辦』。「阿羅漢、辟支佛所斷絕的煩惱，更不能受作爲未來果報的後世身心，所以佛說他們『不再受有未來果報身』。因爲阿羅漢、辟支佛畢竟還未斷盡一切煩惱，也還沒有斷盡未來生死果報，所以佛說他們『不再受有未來果報身』。什麼緣故呢？因爲有些煩惱，是阿羅漢、辟支佛斷絕不了的。煩惱有二種，哪二種煩惱？指的是根本煩惱和隨起的具體煩惱。根本煩惱有四種，哪四種？說的是三界的一切見惑（即不能通達眞如理體的錯誤見解），欲界的一切思惑（即迷戀世間色、聲等事物所產生的戀念思慮的妄情妄想），色界的一切思惑，無色界的一切思惑。這四種根本煩惱，能產生一切隨起的具體表現的煩惱。起的意思是，在極短時間內閃過的妄心都能使一定的具體煩惱相應生起。

原典

「是故，阿羅漢❶無別出家受具足。何以故？阿羅漢依如來出家受具足故，阿羅漢歸依於佛，阿羅漢有恐怖。何以故？阿羅漢於一切無行，怖畏想住❷，如人執劍欲來害己。

「是故，阿羅漢無究竟樂。何以故？世尊！依不求依，如衆生無依，彼彼❸恐怖，以恐怖故，則求歸依。如是阿羅漢有怖畏，以怖畏故，依於如來。世尊！阿羅漢、辟支佛❹有怖畏，是故阿羅漢、辟支佛有餘生法❺不盡，故有生❻；有餘梵行❼不成，故不純；事不究竟故，當有所作；不度彼故，當有所斷；以不斷故，去涅槃界遠。

「何以故？惟有如來應❽、等正覺❾、般涅槃❿，成就一切功德故；阿羅漢、辟支佛不成就一切功德，言得涅槃者，是佛方便⓫。惟有如來得般涅槃，成就無量功德故；阿羅漢、辟支佛成就有量功德，言得涅槃者，是佛方便。惟有如來得般涅槃，成就不可思議功德故；阿羅漢、辟支佛成就思議⓬功德，言得涅槃，是佛方便。惟有如來得般涅槃，一切所應斷過⓭，皆悉斷滅，成就第一清淨⓮故；阿羅漢、辟支佛有餘過，非第一清淨，言得涅槃者，是佛方便。惟有如來得般涅槃，爲一切衆生之所瞻仰，出過阿羅漢、辟支佛、菩薩境界⓯，是故阿羅漢、辟支佛去涅槃界遠。

「言阿羅漢、辟支佛觀察⓰解脫⓱四智⓲、究竟得蘇息處⓳者，亦是如來方便，有餘不了義說⓴。何以故？有二種死。何等爲二？謂分段死㉑、不思議變易死㉒。分段死者，謂虛僞衆生。不思議變易死者，謂阿羅漢、辟支佛、大力菩薩意生身㉓，乃至究竟無上菩提。二種死中，以分段死故，說阿羅漢、辟支佛智『我生已盡』㉔；得有餘果證故，說『梵行已立』㉕；凡夫人天所不能辦，七種學人㉖先所未作㉗，虛偽煩惱㉘斷故，說『所作已辦』㉙。

「阿羅漢、辟支佛所斷煩惱，更不能受後有故，說『不受後有』㉚。非盡一切煩惱㉛，亦非盡一切受生故，說『不受後有』。何以故？有煩惱，是阿羅漢、辟支佛所不能斷。煩惱有二種，何等為二？謂住地煩惱㉜及起煩惱。住地有四種㉝，何等為四？謂見一處住地㉞、欲愛住地㉟、色愛住地㊱、有愛住地㊲。此四種住地，生一切起煩惱。起者，剎那心剎那相應。

注釋

❶**阿羅漢**：Arhān，Arhat，意譯為不生，梵音啊（A）有不義，羅漢（rhat）為生義。不生意即不再受生死果報，永入涅槃。又意譯為殺賊，意即殺卻煩惱賊。又意譯為應供，即應受人天供養。阿羅漢屬於小乘的最高果位，更具體地說是聲聞乘所達到的最高果位。小乘尊崇釋迦佛陀，認為佛陀的境界是不可能達到的，作為他的聲聞弟子只能修到阿羅漢境地。

❷**阿羅漢於一切無行，怖畏想住**：《勝鬘夫人會》此處作「阿羅漢於一切行，住怖畏想」，兩種譯文看似截然相反，其實是意趣不同而已，義旨卻基本一致。阿羅漢於一切行，住怖畏想，意思是阿羅漢對於自己的一切身、口、意的造作，都存有很深的恐怖心念。行，身、口、意的造作；住，此處作執著。「阿羅漢於一切無行，怖畏想住」，這裏經義是強調阿羅漢行也恐怖，到無行也恐怖，所以才有後文「阿羅漢不證出離究竟安樂」。

❸**彼彼**：那個那個，引申義爲哪個哪個。各式各樣的恐怖：如惡名畏、大衆畏等。

❹**辟支佛**：梵語辟支迦佛陀（Pratyekabuddha）的略說，意譯爲緣覺、獨覺。辟支佛又可以看作緣覺乘的最高果位。

❺**有餘生法**：與畢竟不生法相對。本來阿羅漢又名爲不生，小乘是強調自己修習的爲畢竟不生的，不承認自己存在有餘不生法。有餘不生法是大乘對小乘的說法。

❻**有生**：有生死果報，未超出三界六道。

❼**有餘梵行**：梵，梵語梵覽磨（Brahmā）的略說，意即清淨，也作離欲。梵行，清淨無欲行。

❽**應**：應供的略語。

❾**等正覺**：正遍知的另一表述語，意即遍（等）正覺知一切法。

❿**般涅槃**：Parinirvāṇa，稱爲涅槃（Nirvāṇa），意譯爲入滅、寂滅、滅度、不生、無爲、安樂、解脫等，佛教所追求的超脫生死的最高理想境界。

⓫**佛方便**：又作佛善巧。方便梵語爲傴和（Upāya），又意譯爲善巧。佛籍方便的解釋極多，各派釋義有別，語境不同用法也異。大乘有三種解釋符合此處方便的文義，㈠是認爲係小乘通向大乘的門徑，稱爲方便教；㈡是認爲係三乘通向一乘的門徑，也稱爲方便教；㈢是認爲方便不過是爲教化人所暫時採用的隨應性方法，方法不過是假借身、口、意而已，其實是不眞實的。因此，此處經文「佛方便」，本意是說阿羅漢所謂的涅槃，還不能算是究竟成佛涅槃，只不過是佛爲了教化他們所權且使用的方法。

⓬**思議**：佛家認爲達到佛的最高境地，則是無上無等等的，超出未成佛的人可思慮論議的範疇，稱爲不可思議；而雖然在修佛法，然而尚未達到成佛的最高境界，就不是無上無等等，因而仍屬於可思議的範疇。

⑬**過**：超離。

⑭**第一清淨**：究竟涅槃成佛。清淨即梵行、涅槃；第一，是佛家專用於肯定最高佛境界範疇的詞，相當於至高、無上、無等等。

⑮**出過阿羅漢、辟支佛、菩薩境界**：此處宣諭的是三乘歸入一乘（即佛乘）的義理。

⑯**觀察**：佛家所說的觀察不是指對實際發生著的客觀現象進行仔細地察看了解，而是意指在內心視象裏觀視佛相、佛境的莊嚴，在心念裏理解領悟佛法理體。所以觀察又作觀念、觀想。

⑰**解脫**：梵語（Moksa）。解，斷離塵世欲念惑見煩惱的束縛；脫，得以自在無礙。

⑱**四智**：有好幾種義，此處四智屬於小乘範疇。聲聞乘要證得最高的阿羅漢，須有悟得四諦的智慧。四智圓滿才能獲得阿羅漢果，說：「我生已盡」（已領悟到苦諦）、「梵行已立」（領悟到滅諦）、「所作已辦」（領悟到道諦）、「不受後有」（領悟到集諦）。

⑲**蘇息處**：即善息處。蘇，梵語Su，意即善。蘇息處是小乘所說的灰身滅智永遠清寂的涅槃境界，大乘不同意灰身滅智自身解脫的教旨。

⑳**不了義說**：大乘佛徒常將佛法義劃分爲了義和不了義，了義即分明顯了究竟眞實的佛法理義，不了義即未能顯了究竟眞實的佛法理義。以具體的義理爲例，宣說厭背生死、欣樂涅槃的義理，屬於不了義；宣說生死、涅槃二無差別的義理，屬於了義。了義又作爲眞實的異名，不了義又作爲方便的異名。大乘常說小乘爲不了義，不過方便而已。所謂了，即完全到底的意思。

㉑**分段死**：也作分段生死。二種生死之一。指三界衆生之生死。分段，指由於果報之異而有形貌、壽量等之區別。蓋三界衆生所感生死之果報各有類別、形貌、壽量等之限度與差異，故稱分段生死。

㉒**不思議變易死**：各家說法不同，依據《大乘義章》卷八所釋，說：「微細（佛家說有一種精神性的微細存在於一切物處，形同虛空，只有佛眼能見，肉眼見不到，其實微細類似通常所說的靈魂）生滅無常（實爲變化無常），念念遷變（在極短的時間裏都會發生變化。念念，即刹那刹那）。前變後易，名爲變易。變易是死（發生了變更，就相當於死），名變易死。」

㉓**意生身**：又作意成身，初地以上的菩薩，爲了濟度衆生，能隨意受生而獲得形身，

即隨意變化得身。

㉔**說阿羅漢、辟支佛智我生已盡**：此處說，指佛爲二乘講述方便，即不了義。「我生已盡智」，意指小乘修行人領悟到苦諦的義理。苦、集、滅、道四聖諦是釋迦牟尼初轉法輪（最初傳道）的重要內容的一部分。其中的苦締主要是講人生皆苦，諸如生苦、老苦、病苦、死苦、怨憎會苦、愛別離苦、求不得苦、五取蘊苦等，佛家認爲只有透徹到人生皆苦的道理，才能具有意識到「我生已盡」的智慧。

㉕**梵行已立**：是佛爲二乘講說的領悟到滅諦的智慧，所以又作「梵行已立智」。所謂滅諦主要是講通過斷絕塵世污垢煩惱，實現解脫生死果報的苦痛，通達清淨涅槃理想境界。小乘的涅槃充其量只能「灰身滅智」，在利他人上比較消極。後來大乘強調利他，提出「無住涅槃」或「究竟涅槃」的義理，認爲這是從根本上體現了釋迦的佛法精神，《勝鬘經》就是本著這個精神強調三乘入一乘的。

㉖**七種學人**：學，即有學，指雖已覺四諦之理，但因未斷煩惱，故仍須學習戒、定、慧三學者。在四向四果中，除最後之阿羅漢果外，其餘四向三果等七者皆爲有學，故稱七種學人。

㉗**作**：在辦中，此處特指對道諦的領悟實踐。

㉘**虛僞煩惱**：即指見所斷惑八十八及修所斷惑十。

㉙**所作已辦**：又作「所作已辦智」。道諦即滅苦的具體方法、門徑和修習滅苦的具體進程。隨著佛教的發展完善，道諦的內容也是逐漸系統細密的。最初爲八正道，即正見、正思惟、正語、正業、正命、正精進、正念、正定，次繫衍成三十七道品，將八正道涵納其中；後又歸納爲六度，即布施、持戒、忍辱、精進、禪定、智慧。無論八正道、三十七道品還是六度，又都有戒、定、慧三學的劃分，見下表：

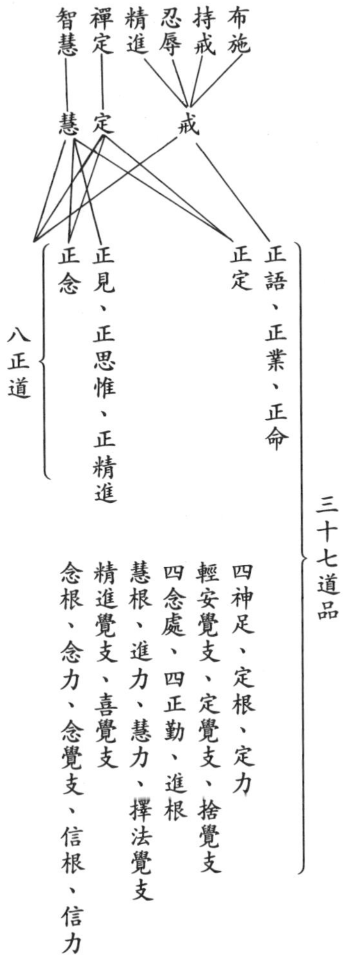

「所作已辦」，意為道諦要求一一領悟的道品都已經領悟，即所要作的都已辦到。

㉚不受後有：是佛為二乘講說的領悟到集諦的智慧，所以又作「不受後有智」。集諦，講造成人生一切皆苦的原因是什麼。佛家認為人生宇宙存在著惑、業、苦三連鎖及十二因緣流轉，三連鎖攝著十二因緣。

先說十二因緣，所謂因即造成後世結果的前世所作，這也就是業報因果律；所謂緣，即十二因緣的任何一支都必須以他支為形成或存在條件。

㈠無明：十二因緣起始因，意即前世愚癡無智，不明佛法，生貪、瞋、癡惑諸煩惱，從而導致前世的行。

㈡行：前生造作的善惡諸身、口、意活動，由此形成的業力（意志力），造成投胎時的妄念（帶著對虛妄不實相的迷惑和執念去投生）。

㈢識：投胎時的妄念，帶此妄念投向與此妄念相應的母胎去處，作為現世的果報。

㈣名色：投胎後現世胎兒的身心，名，精神；色，肉身。胎兒身心逐漸育發出各種器官。

㈤六處：胎兒生長，漸長成眼、耳、鼻、舌、身、意等感覺器官，出胎後的嬰兒就依靠此六根感受外物。

㈥觸：出胎後的現世幼兒，運用自己六根與外六境（色、聲、香、味、觸、法）相對接觸，產生感知。有感知就會產生情感。

㈦受：受即在感知基礎上產生的情感心境，隨年齡增長，心境明分爲苦、樂、不苦不樂。

㈧愛：人至青年，由苦樂體驗而生出厭苦悅樂情意，形成貪染財、色、名、食、睡等欲念。

㈨取：成年後欲念轉熾，對所貪的諸外境產生追求執取的心。有執取心必現於外付諸造作。

㈩有：即造作，今生的所作所爲必然導致感受來世生死果報。

⑪生：來世的生，由現世的善惡行爲導致來世色、受、想、行、識五蘊身。

⑫老死：有五蘊假合身的出生，必有衰老而至死滅。

三世因果惑業苦連鎖十二因緣關係可顯示如下表：

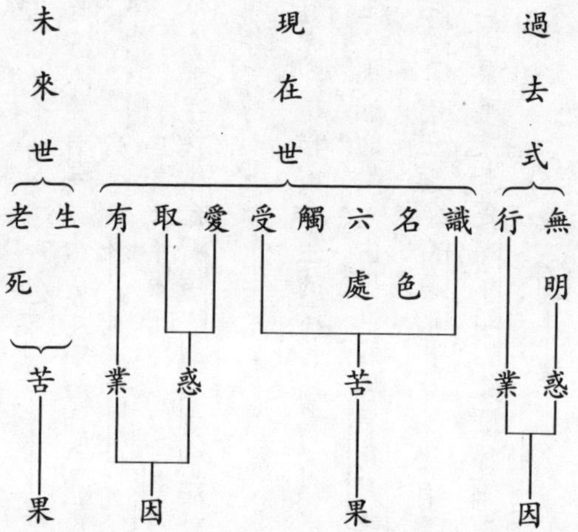

所謂「不受後有」，即修習小乘教法，領悟三世因果惑業苦連鎖十二因緣的義理，斷惑禁業滅諸煩惱，從而超脫十二因緣的流轉，不再受後有，亦即不再受未來世生死的果報。

㉛**非盡一切煩惱**：阿羅漢、辟支佛畢竟不能斷盡一切煩惱。這是大乘對小乘的看法。

㉜住地煩惱：也作根本煩惱，能產生其他種種隨起煩惱。隨起煩惱所依爲住，根本煩惱能生起種種即時煩惱爲地。

㉝住地有四種：住地煩惱有四種。住地即住地煩惱的簡說。住地有四種和五種兩說。四種，指生起煩惱的四種根本煩惱，即見一處住地、欲愛住地、色愛住地、有愛住地。五種，指無論起煩惱還是根本煩惱都生於作爲一切煩惱之根本的無明住地，四種加一無明住地即爲五。

㉞見一處住地：又作見一切住地。佛家將三界內的一切煩惱（惑）大分爲兩大類，即見惑和思惑，簡稱爲見思。各宗派對見惑和思惑的定義及品數設定劃分並不一致。

下面介紹的是通常說法：

見惑——見，推度，即抽象的邏輯推導和理解；見惑，又作理惑。見惑，意即不能通達眞如理體的錯誤見解，或作妄見。要照見佛法眞理，必須斷絕見惑，斷見惑稱爲見道。見惑一般分爲八十八使，欲界三十二使、色界二十八使、無色界二十八使。其中欲界苦諦十使的內容最爲關鍵。十使又分爲五鈍使，即貪、瞋、癡、慢、疑。五利使，即㈠身見：又稱我所見，妄以爲自身是眞實常住的，妄以爲身邊諸物是屬於自己的。㈡邊見：或固執地認定死後一切斷絕，或固執地認定死後常住不滅，偏頗地執定一邊。㈢邪見：妄以爲世上本無所謂因果報應，持惡不足恐、善不足好的謬論。㈣見取：將各種邪門歪道誤爲出世無上妙法。㈤戒取：誤信各種邪門歪道後，按它們的戒禁修種種行法，妄以爲這樣可以昇天涅槃得無上道。

思惑——迷戀世間色聲等現實事物而產生戀念思慮的妄情妄想，故思惑又稱爲事惑。要超脱生死，必須斷絕思惑，斷思惑稱爲修道。思惑一般分爲八十一品，即欲界五趣雜居地九品，色界離生喜樂地、定生喜樂地、離喜妙樂地、捨念清淨地各九品，無色界空無邊處地、識無邊處地、無所有處地、非想非非想處地各具九品。佛家還認爲，斷惑有次第，先習見道斷見惑，後習修道斷思惑，二惑斷盡爲無學道。

㉟**欲愛住地**：欲界中除見惑、無明惑以外的一切煩惱，即欲界一切思惑。由於貪愛的過咎最汚濁、嚴重，所以舉愛來概括其他一切煩惱。

㊱**色愛住地**：色界中除見惑、無明惑以外的一切煩惱，即色界一切思惑。由於貪愛的過咎最汚濁、嚴重，所以舉愛來概括其他一切煩惱。

㊲**有愛住地**：無色界中除見惑、無明惑以外的一切煩惱，即無色界一切思惑。由於貪

愛的過咎最汚濁、嚴重，所以舉愛來概括其他一切煩惱。從欲界的貪愛到無色界的貪愛，逐漸遞減，但並非斷絕，仍然存在著貪愛，也因之仍然存在著生死果報，所以稱之爲有愛，而非無愛。

譯文

「世尊！與心不相應的，是爲無始無明住地。

「世尊！這四種根本煩惱力，雖然是一切現起的煩惱所賴以產生的種地，但與無明煩惱相比，無論計數還是譬喩都表明比不上，世尊！如此無明煩惱力，與包涵著貪愛的四種根本煩惱相比，無明煩惱的力量最大。就像諸天中的魔王『殺者』，在他化自在天中，他的色身、法力、壽命、隨從，全都具備，神通力自在特殊勝妙，如此無明煩惱的力量，與包涵著貪愛的四種根本煩惱相比，它的力量最強大，是恆河沙那樣多的現起煩惱賴以產生的處所，它也使一處住地、欲愛住地、色愛住地、有愛住地等四種煩惱恆久不退。它是阿羅漢、辟支佛的智慧所不能斷絕的，只有如來無上覺悟的智慧才能斷絕它。如此，世尊！無明煩惱的力量確實是最大的。

「世尊！又如取著爲緣，招致生死果報的身、口、意造作爲因，並由此因緣導致三界中的生死果報，如此無明煩惱爲緣，證悟涅槃果的修行爲因，並由此因緣產生阿羅漢、辟支佛、大力菩薩的隨意變化身的變易生死。這三種境界中他們三種隨意變化身的現起產生，和他們修習證悟涅槃的產生，都是憑依無明煩惱而生起來的；無漏業與三種意生身，都是有緣而生起的，並不是無緣，所以，他們的三種隨意變化身和對證悟涅槃的修習，都只是與無明煩惱存在著因緣關係。世尊！如此包涵著貪愛的四種根本煩惱所導致的行爲，與無明煩惱導致的行爲是不相同的。根本的無明煩惱不僅與四種根本煩惱不同，而且與四種根本煩惱脫離的，只有修行證得佛的境界才能斷絕，只有憑藉佛的徹底覺悟的無上智慧才能斷絕，什麼緣故呢？阿羅漢、辟支佛雖然斷絕了四種根本煩惱，但是根本無明煩惱未斷，未得究竟，所以不得自在力，也沒有能達到領悟契合絕對眞理的眞如境界。斷盡了導致六道生死輪迴的煩惱，剩下的就是根本的無明煩惱。

「世尊！阿羅漢、辟支佛不再受生死輪迴得最後身的菩薩，由於受無明煩惱的遮蔽不能證得最高理想的無上涅槃境界，對那些能斷絕無明煩惱佛智諸法不能理解，不能領悟。正是因爲對佛智諸法不能理解、不能審度抉擇，所以對應該斷絕的無明煩惱，不能斷絕，不能斷盡。因爲沒有斷絕無明煩惱，還只能說得上是有今生身果報的解脫，並非是斷絕一切煩惱的徹底解脫；只能說得上是有今生身果報的清淨涅槃行，並非是圓滿徹底的清淨涅槃行；只能說得上是獲得了有限的功德，並非是一切功德。由於只是獲得了有今生身果報的解脫、有今生身果報的清淨涅槃行、有限的功德，由於領悟苦諦不徹底、斷離因緣果報不徹底、契合滅諦不徹底、修習道品不圓滿，所以他們得到的所謂涅槃，只能是未徹底的無上涅槃。獲得非徹底無上涅槃，只能稱得上是趨向最高理想的成佛涅槃。如果徹底領悟苦諦、徹底斷離因緣果報、徹底契合滅諦、圓滿修習道品，他們就能在這遷流變化的分段生死世間，在這遷流變化的變異生死世間，永遠地安處最高理想的無上涅槃境界；他們就能在這無蔭覆無保護的世間，無依止的世間，而得到保護、得到依怙。

「什麼緣故？因爲契合了眞正的最高佛法，法不會再有優劣的區別，所以能獲得最高理想的無上涅槃；因爲智慧達到遍知一切的境界，所以能獲得最高理想的無上涅槃；因爲徹底解脫了，所以能獲得最高理想的無上涅槃；因爲修滿了一切清淨善行，所以能獲得最高理想的無上涅槃。所以，無上的涅槃境界所具有的體性是純一無異的，這體性就叫解脫，即脫離塵世羈累，作佛自在無礙。

原典

「世尊！心不相應無始無明❶住地。

「世尊！此四住地力，一切上煩惱❷依種，比無明住地，算數譬喻所不能及。世尊！如是無明住地力，於有愛數四住地，無明住地其力最大。譬如惡魔波旬❸，於他化自在天，色、力、壽命、眷屬❹眾具，自在殊勝，如是無明住地力，於有愛數四住地，其力最勝，恆沙等數上煩惱依，亦令四種煩惱久住，阿羅漢、辟支佛智所不能斷，惟如來菩提智之所能斷。如是，世尊！無明住地最爲大力。

「世尊！又如取緣，有❺漏❻業因，而生三有，如是無明住地緣，無漏業因❼，生阿羅漢、辟支佛、大力菩薩三種意生身❽。此三地，彼三種意生身生及無漏業生，依無明住地；有緣非有緣❾，是故三種意生身及無漏業，緣無明住地❿。世尊！如是有愛住地數四住地，不與無明住地業同，無明住地異離四住地，佛地所斷，佛菩提智

佛光文化讀者服務卡

感謝您購買佛光文化叢書！為了提供更好的服務，請您詳細填寫本卡各項資料，免貼郵票，寄回給我們，或傳真至(02) 2988-3534，我們將編輯更符合您閱讀的圖書，並以最新圖書資訊與您分享，同時可享受我們的各項優惠。

◆ 您的個人資料：

您所購買的書名：______________________

購買的書店：________市/縣________書店

您的性別：☐男 ☐女 生日：____年____月____日

婚姻：☐已婚 ☐單身

學歷：☐博士 ☐碩士 ☐大學 ☐大專 ☐高中 ☐國中以下

職業：☐文化傳播 ☐金融業 ☐服務業 ☐製造業 ☐營建業 ☐資訊業
☐軍公教 ☐自由業 ☐無 ☐學生 ☐其他________

職位別：☐負責人 ☐高階主管 ☐中級主管
☐基層主管 ☐一般職員 ☐專業人員

您通常以何種方式購書？

☐逛書店 ☐劃撥郵購 ☐電話訂購 ☐傳眞訂購
☐團體訂購 ☐銷售人員推薦 ☐信用卡 ☐其他________

您從何處得知本書消息？

☐逛書店 ☐報紙廣告 ☐書評 ☐親友介紹 ☐電視節目 ☐廣播節目
☐銷售人員推薦 ☐廣告信函(DM) ☐心靈導航書訊 ☐其他________

請惠賜對我們的建議：

《謝謝您的合作，祝您吉祥如意，福慧圓滿。》

241

台北縣三重市三和路三段117號

佛光文化事業有限公司　收

姓名：

地址：

電話：（　）

縣市　鄉鎮市區　路（街）段　巷　弄　號　樓

廣告回函
台灣北區郵政管理局登記證
北台字第9986號
郵資已付・免貼郵票

所斷。何以故？阿羅漢、辟支佛斷四種住地，無漏不盡，不得白在力，亦不作證⑪，無漏不盡者，即是無明住地。

「世尊！阿羅漢、辟支佛、最後身菩薩⑫，爲無明住地之所覆障故，於彼彼法不知不覺⑬，以不知、見⑭故，所應斷者，不斷、不究竟。以不斷故，名有餘過解脫⑮，非離一切過解脫⑯；名有餘清淨，非一切清淨；名成就有餘功德，非一切功德，以成就有餘解脫、有餘清淨、有餘功德故，知有餘苦⑰，斷有餘集，證有餘滅，修有餘道，是名得少分涅槃。得少分涅槃者，名向涅槃界。若知一切苦，斷一切集，證一切滅，修一切道，於無常壞⑱世間，無常病⑲世間，得常住涅槃；於無覆護世間，無依世間，爲護爲依。

「何以故？法無優劣故得涅槃，智慧等故得涅槃，解脫等故得涅槃，清淨等故得涅槃。是故涅槃一味等味⑳，謂解脫味。

注釋

❶**無始無明**：佛家認爲無明是惑之根本，本性存在，在無明惑之先不再有惑，所以無

始無明又稱爲根本無明。一切衆生本性無明，所以衆生也稱爲無始。因爲衆生本有無始無明煩惱（住地），所以不存在與心相應的問題。無明，梵語爲阿尾儞（Avidyā），心識本性闇鈍，不能理解領悟一切佛法。無始，沒有起始。

❷**上煩惱**：即起煩惱，隨起或現起的煩惱。

❸**波旬**：梵語波卑面、波鞞（Pāpiyas，Pāpiman）的訛轉，惡魔的名稱，意爲惡者或殺者。

❹**眷屬**：佛家說諸天中有魔，他化自在天王爲魔王，他常率衆魔下人道（人世間）阻撓佛的教化。魔王隨從即其眷屬。

❺**有**：有生死果報，即死後還存在受生。

❻**漏**：留住的意思，即超不出三界，仍留在六道中輪迴。

❼**無漏業因**：與有漏業因相對，特指修行人修習戒、定、慧證悟涅槃果，即四諦中的道諦。

❽**生阿羅漢、辟支佛、大力菩薩三種意生身**：因爲無漏業才產生此三種能變化隨意身

的果。

❾**有緣非有緣**：此處指無漏業與三種意生身，都是有緣而生起的，並非無緣的。

❿**緣無明住地**：與根本的無明煩惱存在趨向性聯繫。

⓫**證**：特用於通達契合眞如。

⓬**最後身菩薩**：又作最末後身、最後生、最後有、後身菩薩，意指有人已生於欲界，即以此身修行成道，此身就成爲這人的最後有的身，不再受生。這種概念都是建立在神識不滅、六道輪迴的義理基礎上的。

⓭**於彼彼法不知不覺**：彼彼法，指無明住地。全句指二乘及「最後菩薩身」，直到成佛的前一剎那，都是爲「無明住地」所覆障。由無明住地，蒙蔽眞實，無法徹見一切法的如實性相，故說：「於彼彼法不知不覺。」

⓮**不知、見**：即不知不見，不理解，不審度決擇。見，梵名捺喇捨囊（Darśana），思慮審度決擇正邪。

⓯**有餘過解脫**：應讀作：有餘過——解脫。有餘過，即修超脫生死法不徹底仍留在三界受今生身果報（最後身）。過，超出生死。

⑯**離一切過解脫**：修徹底超脫生死法，斷離一切煩惱，達到脫離塵世羈累，超出生死果報自在無礙。

⑰**知有餘苦**：理解領悟苦諦不深透，不能證究竟涅槃，仍受今生身果報。此句應讀作：知——有餘苦。「有餘苦」是偏正詞組，不是主謂詞組，下面三句的句法仿此。

⑱**壞**：此處指死，即分段生死。

⑲**病**：此處指漸變，即變異生死。

⑳**涅槃一味等味**：又作涅槃等一味。意即涅槃境界所具有的體性是純一無異的。味，體性、德性等一味，平等無差別、純正一味的體性。

譯文

「世尊！如果無明煩惱不斷絕、不斷盡，就不能達到體性純一的無上的般若涅槃境界，什麼緣故呢？因爲無明煩惱不斷絕、不斷盡，比恆河沙數還要多的應斷絕的煩惱就不能斷絕，不能斷盡。由於比恆河沙數還要多的應斷絕的煩惱沒有斷絕，所以，比恆河沙數還要多的佛法，是本應該獲得的，卻得不到；是本應該契合的，卻契合不了。

「所以，無明煩惱聚集著其他的一切煩惱，生發出一切在修道斷絕煩惱過程中，起阻礙作用的煩惱。它生發出在用思慮覺知佛理過程中起阻礙作用的煩惱、在專心修習佛法過程中起阻礙作用的煩惱、在用智慧觀照契合眞如理體過程中起阻礙作用的煩惱、在用思惟修習佛理過程中起阻礙作用的煩惱、在專心領受佛法過程中起阻礙作用的煩惱、在用各種善巧方法修習佛法過程中起阻礙作用的煩惱、在用智慧通達佛理眞實過程中起阻礙作用的煩惱、阻礙修行求獲佛果的煩惱、在修行求獲一切功德過程中起阻礙作用的煩惱、在修獲佛力過程中起阻礙作用的煩惱、在修獲四無畏過程中起阻礙作用的煩惱。如此比恆河沙數還要多的隨起煩惱，只有如來徹底覺悟的智慧才能斷絕。一切在修道過程中隨起的煩惱都依賴無明煩惱生成，這一切隨起煩惱的發生，都以無明煩惱爲原因，以無明煩惱爲條件。世尊！對於這些隨起煩惱，心可以與它們在極短的時間內相應。

「世尊！心卻不能與根本不了知一切佛法的無明煩惱相應。

「世尊！再提起那些比恆河沙數還多的，應該由如來徹底覺悟的智慧斷絕的煩惱，那一切都是由無明煩惱所持，由無明煩惱生成的。就像一切種子，都依賴土地萌生、成株、長大，假如土地壞了，從土地所生的種子、芽、莖等也就隨之失壞了。那些比恆河沙數還多的，如來覺悟的智慧所應斷的煩惱，那一切都由無明煩惱所生起、所建立、所增長。如果斷絕了無明煩惱，比恆河沙數還要多的、由如來徹底覺悟的智慧斷絕的煩惱也隨著斷絕，如此一切根本煩惱和隨起煩惱全都斷絕，那麼，也就能證得像恆河沙數等如來所得的一切諸功德法，就能通達無礙，具有一切智慧。斷絕一切過咎罪惡，獲得一切功德，成爲諸法之王，掌持一切諸法自在無礙，從而進入在一切法中自在無礙的佛境界。到達佛的境界，作爲如來，作爲應受一切衆生供養的、遍知一切諸法的佛，就可以像師子吼一樣地無畏地宣說：

「我已具有脫盡生死果報的智慧，建立清淨涅槃行的智慧，一一辨完應該奉行的道諦的智慧，不再受未來果報身的智慧。所以，世尊您像師子吼一樣無所畏懼，依據完全徹底的眞如理義，才能一向肯定的宣說。

原典

「世尊！若無明住地不斷、不究竟者，不得一味等味，謂明解脫味。何以故？無明住地不斷、不究竟者，過恒沙等所應斷法❶不斷、不究竟。過恒沙等所應斷法不斷故，過恒沙等法應得不得❷，應證不證。

「是故，無明住地積聚❸，生一切修道斷煩惱上煩惱❹。依生心上煩惱❺、止上煩惱❻、觀上煩惱❼、禪上煩惱❽、正受上煩惱❾、方便上煩惱、智上煩惱、果上煩惱、得上煩惱、力上煩惱、無畏上煩惱。如是過恒沙等上煩惱，如來菩提智所斷。一切皆依無明住地之所建立，一切上煩惱起皆因無明住地，緣無明住地。世尊！於此起煩惱，剎那心剎那相應。

「世尊！心不相應無始無明住地。

「世尊！若復過於恒沙如來菩提所應斷法，一切皆是無明住地所持、所建立。譬如一切種子，皆依地生、建立、增長，若地壞者，彼亦隨壞。如是過恒沙等如來菩提智所應斷法，一切皆依無明住地生、建立、增長。若無明住地斷者，過恒沙等如來菩提智所應斷法皆亦隨斷，如是一切煩惱、上煩惱斷，過恆沙等如來所得一切諸法，通達無礙，一切智見。離一切過惡，得一切功德，法王法主而得自在，登一切法自在之地。如來、應、等正覺正師子吼：

「我生已盡，梵行已立，所作已辦，不受後有。是故，世尊以師子吼，依於了義一向記說。

注釋

❶**過恆沙等所應斷法**：比恆河沙數還要多應該斷絕的煩惱。此處的過，意爲超過。法，此處作煩惱的種種現象解，後文中列舉的種種上煩惱就是所應斷法之所指。

❷**過恆沙等法應得不得**：比恆河沙數還多的佛法，應該獲得的卻得不到。法，此處用作佛法、正法，不同於上句中的法。

❸**無明住地積聚**：無明煩惱通過心（精神形態）聚集固著其他的一切煩惱。積聚，佛家一般指人的精神世界具有聚集、積累並晶凝的功能。

❹**生一切修道斷煩惱上煩惱**：意即修道本來是爲斷絕煩惱，然而在修道過程又產生阻

礙修道的煩惱。上煩惱，用在此處意指沾上諸佛法隨起的煩惱。

❺**心上煩惱**：阻礙思慮覺知佛理的煩惱。心，梵語質多（Citta），指人的思慮意識、領悟覺知的精神功能。佛家對心理、精神諸現象都有極精微的分析，其中心意識本體論與俗家的心理學、精神現象學有明顯區別，不可一概而論。

❻**止上煩惱**：對佛法眞理定心專注過程中產生的干擾性煩惱。止，定的異名，梵語作奢摩他（Samātha），也作三摩地（Samādhi），心定一處，專注不移，佛家特指將被欲念騷動的心止息下來，專注佛法眞理。

❼**觀上煩惱**：阻礙智慧觀照契合眞如理體的煩惱。觀，梵語爲毘婆舍那（Vipaśyanā, Vidarśanā），智慧別名，意即以智慧觀照契合眞理。又止與觀常組合用，並作爲修習佛法的重要方式或法門，梵語也作奢摩他，也作毘婆舍那。修習止觀過程中，止在前，靜心伏煩惱；觀在後，運智斷煩惱，最終證眞如。

❽**禪上煩惱**：阻礙思惟修習佛理的煩惱。禪，又作禪定、禪那（Dhyāna），也有作三昧、奢摩他的，意即靜慮、思惟修，靜定下來思惟審慮，達到對佛法義理解悟。禪的概念與止、觀的概念有相似處又有區別，止只意指心專注，而禪則是思惟時的

專注；觀泛指觀達，而禪則是指通過思惟抵達。可見止、觀的外延比禪大，禪的內涵比止、觀豐。

⑨**正受上煩惱**：在專心領受佛法過程中起阻礙作用的煩惱。正受，梵語爲三昧（Samaya），爲禪定的別名。專注不邪爲正，領納佛法爲受。正受雖爲禪定的異名，但兩者意指也各有側重，禪定義重在思惟，正受義重在領納。

譯文

「世尊！不要受未來果報身的智慧有二種：

「第一種是，如來運用無上的佛法調化、降伏煩惱魔、五陰魔、死魔、他化自在天魔等四魔，超出一切世間，被一切衆生恭敬仰望，獲得不可思慮契合眞如的法身，在生發一切智慧的境地裏，獲得最高自在無礙。再往上更是達到脫絕一切因緣造作、斷盡對一切妄相情欲的執迷的眞如眞理境界，強大的十種智力無不具備，從而昇入最高的、無上的、無畏的成佛境界，於一切所知境地，以無礙智慧去觀察、理解、領悟、契合佛法眞如，不須依賴他力；獲得不受未來果報身的智慧，能像師子吼那樣無畏地宣說佛法。

「世尊！第二種說的是，阿羅漢、辟支佛，度過令人恐怖的生死輪迴的畏途，在原來有所解脫的基礎上，進一步得到徹底解脫的悅樂，於是這樣想：我已經脫離了對生死的恐怖，不再遭受生死果報的苦痛。世尊！阿羅漢、辟支佛這時再在心裏領悟契合眞如，就獲得不受未來果報身的智慧，並憑藉這智慧證悟契合無上的涅槃。

「世尊！如果阿羅漢、辟支佛在原來修行所達到的境界，對大乘教法不是無知和拒受，能理解、領悟大乘教法，不去藉助他力，也明瞭自己所獲得的果報境界還不是最高的涅槃境界，仍然存留有今生身，那麼將來一定能獲無上的眞正覺知一切眞理的智慧。什麼緣故呢？聲聞乘、緣覺乘教法，都歸向大乘教法。大乘教法，就是佛乘教法，所以，聲聞乘、緣覺乘、大乘等三乘教法也就是一乘教法。

「獲得一乘教法成就的，也就獲得無上的眞正覺知一切眞理的智慧。此智慧，也就是涅槃境界。涅槃境界，就是如來的法身。獲得究竟的法身，就是成就了究竟證悟佛境的一乘教法，與如來本體沒有什麼不同，與法身本體沒有什麼不同，如來本體也就是法身本體。

「獲得究竟極至的法身，就是成就了究竟證悟佛境的一乘教法。所謂究竟極至，就是豎窮三際、橫遍十方常住無盡。世尊！如來是無有過去、現在、未來的界限，永恆不盡地存在，如來應受到一切衆生的供養的、具有遍知一切法的智慧的佛，是盡未來際住的，如來有無界限的大悲心，也有無界限的悲心去安慰世間的衆生。『如來有無限的大悲心，能無限安慰世間衆生的』。這樣說，才是完全正確的談論如來。如果再說『如來是無限的理性、永恆存在的理法、一切世間衆生歸依的處所』，也叫完全正確地談論如來。所以，在衆生沒有得到教化濟度的世間，在衆生沒有憑依處脫離生死的世間，在衆生沒有依止、保護的世間，能盡未來際的作無限的歸依、永恆的歸依，就稱爲如來、應受一切衆生的供養、具有遍知一切法的智慧。

「講到法，就是在講一乘教法；講到僧，就是在講聲聞、緣覺、菩薩三乘的修行人衆。僅僅歸依一乘教法和三乘僧衆的二歸依，還不是無限的永恆的徹底的歸依，只能稱爲有限的非徹底圓滿的歸依。什麼緣故呢？要爲修行人講述一乘教法目的在於獲得究竟極至的法身，當他們證悟究竟極至的法身後，就不須再對他們講述一乘教法了。聲聞、緣覺、菩薩等三乘僧衆，對生死果報抱有恐怖心，所以歸依如來，企求出世間脫離生死果報，修習研學佛道，趨向無上的眞正覺知一切眞理的智慧。所以僅僅歸依一乘教法和僧衆的二歸依，不是無限的永恆的徹底的歸依，只是有限的歸依。

「如果有衆生，受到如來的調理降伏，歸依如來，得到佛法的潤澤教化，心裏樹立起對佛的信仰而感到悅樂，從而歸依教法、僧衆這是二歸依。『二歸依』，是根本歸依如來而來。歸依佛法的眞如眞實義，就是歸依如來；此法、僧二歸依的眞如眞實義，就是究竟歸依如來了。什麼緣故呢？因爲歸依第一義是等於歸依如來。所以歸依如來（即衆生本具如來藏性）即是三歸依。什麼緣故呢？宣說一乘教法，如來具備『一切智無所畏、漏盡無所畏、說障道無所畏、說盡苦道無所畏』的四無畏，像師子吼一樣地宣說。如果如來隨順聲聞乘、緣覺乘所嚮往的，用善巧靈活的方法對他們進行誘導，就是大乘，不須再分列出聲聞、緣覺、菩薩三乘。這三乘已統入到一乘；一乘教法，也就是求獲無上佛法眞如眞實義的教法。

原典

「世尊！『不受後有智』有二種：

「謂如來以無上調御降伏四魔❶，出一切世間，爲一切衆生所瞻仰，得不思議法身❷；於一切爾炎地，得無礙法自在；於上更無所作❸、無所得❹地，十力勇猛❺，昇於第一、無上、無畏之地；一切爾炎無礙智❻觀，不由於他『不受後有智』師子吼。

「世尊！阿羅漢、辟支佛，度生死畏，次第得解脫樂，作是念：我離生死恐怖，不受生死苦。世尊！阿羅漢、辟支佛觀察❼時，得『不受後有』觀第一蘇息處涅槃地❽。

「世尊！彼先得地，不愚於法❾，不由於他，亦自知得有餘地，必當得阿耨多羅三藐三菩提❿。何以故？聲聞、緣覺乘，皆入大乘。大乘者，即是佛乘，是故三乘是一乘。

「得一乘者，得阿耨多羅三藐三菩提。阿耨多羅三藐三菩提者，即是涅槃界。涅槃界者，即是如來法身⓫，得究竟法身者，則究竟一乘⓬，無異如來，無異法身，如來即法身。

「得究竟法身者，則究竟一乘。究竟者，即是無邊不斷。世尊！如來無有限齊時住⓭，如來應等正覺後際等⓮住，如來無限齊大悲、亦無限齊安慰世間、『無限大悲、無限安慰世間』。作是說者，是名善說如來、若復說言『無盡法、常住法、一切世間之所歸依』者，亦名善說如來。是故，於未度世間，無依世間與後際等，作無盡歸依、常住歸依者，謂如來、應、等正覺也。

「法者，即是說一乘道；僧者，是三乘眾。此二歸依，非究竟歸依，名少分歸依。何以故？說一乘道法，得究竟法身，於上更無說一乘法事。三乘眾者，有恐怖，歸依如來求出修學，向阿耨多羅三藐三菩提。是故二依⑮，非究竟依，是有限依⑯。

「若有眾生，如來調伏，歸依如來，得法津澤，生信樂心，歸依法、僧，是二歸依。非此二歸依，是歸依如來。歸依第一義⑰者，是歸依如來，此二歸依第一義是究竟歸依如來。何以故？無異如來，無異二歸依，如來即三歸依。何以故？說一乘道，如來四無畏成就⑱師子吼說。若如來隨彼所欲而方便說，即是大乘，無有三乘，三乘者，入於一乘；一乘者，即第一義乘。

注釋

❶**四魔**：魔是梵語魔羅（Māra）的略說，意即能奪命、障礙、擾亂。佛教中的魔，

並不都是指神靈化的惡者，首先是在義理上概括人生宇宙中的否定性現象，在這一意義上，有四魔、八魔、十魔之說。四魔，㈠煩惱魔，即貪、瞋、癡等各種煩惱；因爲衆生心中有煩惱擾亂，使一切善法不得增長，所以稱爲魔。㈡陰魔，也作蘊，指色蘊、受蘊、想蘊、行蘊、識蘊（五蘊是佛家對衆生構成的一種分析方式，概括了衆生的精神和物質現象）能導致種種苦惱，所以也稱爲魔；㈢死魔，指死亡斷人命根，所以稱爲魔；㈣他化自在天魔，即他化自在天中的魔王波旬。

❷**不思議法身**：成佛即有三身，法身、報身、應身。法身，即佛教最高理體，象徵表述爲周遍虛空之身。由於抽象出的最高理體永恆無上，周遍一切且體現佛家勝妙理想彼岸境界，所以形容它爲不可思議。

❸**無所作**：也稱無爲（Asaṃkṛta），意即脱絶一切因緣造作，無生、住、異、滅的造作，達到虛無寂滅的涅槃境界。

❹**無所得**：心中不再執取塵世妄相和迷戀情欲，達到無上智慧的實相性空、脱離生死的涅槃境界。無所得又名爲慧，都意指涅槃境地。

❺**十力勇猛**：如來的十種智力勇猛無敵。力，此處特指智力。十力，即十智力，是對

佛具有一切智力的具體表述形式。十智內容如下：㈠知覺處，非處智力，即了知物的道理與非道理的智力。處，道理。㈡知三世業報智力。㈢知諸禪、解脫、三昧智力。㈣知種種諦智力。㈤知種種解智力。㈥知種種界智力。㈦知一切至所道智力。㈧知天眼無礙智力。㈨知宿命無漏智力。㈩知永斷習氣智力。

❻**無礙智**：即佛智。

❼**觀察**：此處的觀察意指在徹底脫離生死果報之後在心裏領悟契合眞如理體。

❽**得『不受後有』觀第一蘇息處涅槃地**：獲得「不受後有智」證悟究竟涅槃。蘇息地，原是指阿羅漢、辟支佛涅槃的灰身滅智的境地，大乘不贊同灰身滅智，於是此經用第一形容蘇息地，以表述阿羅漢、辟支佛通過努力從灰身滅智的涅槃昇入徹底的涅槃。第一，是大乘區別於小乘的特殊用語。

❾**不愚於法**：大乘爲了貶抑小乘和爭取小乘，有意將小乘分爲兩類，一類稱爲愚法小乘，指他們迷執本門教法，對大乘教法無知或持拒受的態度；一類稱爲不愚法小乘，指有的修行人先修習的小乘教法並取得果報，一旦得聞大乘教法便回心向大，取得更大的成就。當然小乘自己是不承認這種說法的。

⑩**阿耨多羅三藐三菩提**：Anuttara-samyak-sambodhi意爲無上正等正覺，也習慣地譯爲無上正遍知、無上正遍道、眞正遍知，都是指的佛智。阿（A）即無，耨多羅（nuttara）即上，三藐（samyak）即正等，三菩提（sambodhi）即正覺或正道。

⑪**涅槃界者，即是如來法身**：究竟涅槃的境界，就是佛的法身。如來，也作如去，是佛的十號之一，梵語爲多陀阿伽陀、苔塔葛達（Tathā-āgata如來，Tathā-gata如去）。如來，意即如實來格之人，意思是諸佛都是乘（奉行、契悟）如實道（諸法實相即空相的道義理體）來（至涅槃），此佛也如此來；如去，意即達於如實之人，意思是諸佛都是乘如實道去（達到涅槃），此佛也如此去。

⑫**究竟一乘**：究竟達佛境的一乘教法，即三乘方便一乘眞實究竟佛境。

⑬**無有限齊時住**：指如來作爲最高佛法理體永恆地存在。限齊，也作齊限，意即盡。

⑭**後際等**：指盡未來際。

⑮**二依**：即二歸依。此句和後二句中的依都是歸依的簡說。

⑯**是有限依**：即前面提到的少分歸依。

⑰**第一義**：也作勝義、無上義。

⑱**四無畏成就**：成就四無畏，亦即具備四種無所畏；㈠是一切智無所畏，說佛在眾人中說法時，講自己是成就了正等正覺的人，所以心中毫不畏怖；㈡是漏盡無所畏，說佛在眾人中說法時，講自己是斷盡一切煩惱，所以心中毫不畏怖；㈢是說障道無所畏，說佛在眾人中說法時，講到阻礙、妨害佛道的種種現象毫無畏怖心；㈣是說盡苦道無所畏，說佛在眾生中說法時，講到怎樣脫離生死苦果的教義毫無畏怖心。

6 無邊聖諦章

譯文

「世尊！修聲聞乘、緣覺乘的人剛開始理解領悟聖人的眞理，用覺知一切現象的總相即空相的智慧斷絕各種煩惱，用覺知一切現象的空相的智慧成辦四事，即：我已具有脫盡生死果報的智慧、建立清淨涅槃行的智慧、一一辦完應該奉行的道諦的智慧、不再受未來果報身的智慧，也能明瞭這四種佛法義理。

「世尊！超出世間的無上佛智，是不可能由聲聞、緣覺的四智漸至的，及由四緣漸至的。因爲如來所得的出世間上上智，都是無漸至法，換句話說，如來的出世間智慧是頓起的，不是漸次的，所以才是出世間上上智。

「世尊！金剛喩智，就是最高的佛智。世尊！聲聞乘、緣覺乘剛開始理解領悟聖人眞理的智慧只能斷四住煩惱，不能斷絕無明煩惱，所以不是最高的佛智。世尊！因爲唯有以第二聖諦智，才能斷諸根本煩惱。世尊！如來，應受一切衆生供養的、遍知一切法的法王，不是一切聲聞乘、緣覺乘所能達到的境界，如來是用不可思慮議論的契合眞如空性的無上智慧，斷絕所有藏含一切煩惱的根本煩惱的。世尊！如此壞滅所有含藏一切煩惱的根本煩惱的無上智慧，就稱爲最高的佛智。

「剛開始理解領悟聖人眞理的智慧，不是究竟的最高佛智，只是趨向無上的眞正覺知一切眞理的智慧。世尊！『聖』這個字的意義，不是一切聲聞、緣覺可稱爲聖，聲聞乘、緣覺乘成就的只是有限的功德，聲聞乘、緣覺乘成就的只是不圓滿的功德，所以只稱他們爲聖人。能契合眞如的，不是聲聞乘、緣覺乘所能達到的眞理，也不是聲聞乘、緣覺乘所能成就的功德。世尊！這究竟眞理，只有如來、應受一切衆生供養的、遍知一切法的法王才能初始覺知，然後在被無明煩惱包含的世間顯現、開示和演說這佛法眞理，所以才稱爲聖諦。

原典

無邊聖諦❶章第六

「世尊！聲聞、緣覺初觀聖諦❷，以一智❸斷諸住地，以一智四斷知功德作證❹，亦善知此四法義。

「世尊！無有出世間上上智❺，四智漸至❻，及四緣漸至❼。無漸至法，是出世間上上智。

「世尊！金剛喩者❽，是第一義智。世尊！非聲聞、緣覺不斷無明住地初聖諦智是第一義智。世尊！以無二聖諦智斷諸住地❾。世尊！如來、應、等正覺，非一切聲聞、緣覺境界，不思議空智❿斷一切煩惱藏⓫。世尊！若壞一切煩惱藏究竟智，是名第一義智。

「初聖諦智，非究竟智，向阿耨多羅三藐三菩提智。世尊！聖義⓬者，非一切聲聞、緣覺，聲聞、緣覺成就有量功德，聲聞、緣覺成就少分功德，故名之爲聖⓭。聖諦者，非聲聞、緣覺諦，亦非聲聞、緣覺功德。世尊！此諦，如來、應、等正覺初始覺知，然後爲無明㲉藏⓮世間開現演說，是故名聖諦。

注釋

❶**無邊聖諦**：聖人所見的具有無限意義的眞理，其實就是佛諦。無邊，屬於佛的範疇。聖，也作聖人、聖者，梵語爲阿離野或阿梨耶（Ārya），佛家特指大小乘已經領悟到佛道，修行斷惑證理獲得一定果位的尊者。諦，眞理，佛家指佛法義理。聖諦，即聖人所見證的眞實不虛的理體；又聖諦，作四聖諦，專指原始佛教（釋迦牟尼在世時所傳的佛教內容）中的苦諦、集諦、滅諦、道諦。無邊聖諦，作爲聖之至者（稱爲聖主、聖師子、聖仙、聖尊等）的佛所見證的眞理。

上一章，經文反復地從各個方面論述了佛乘在斷無明煩惱上，與小乘有根本區別，肯定了佛乘的廣大義、究竟義、第一義、無餘性，既區別於小乘又涵蓋小乘，從而引出三乘歸入一乘的重要命題。然而佛乘究竟憑藉什麼樣的義旣區別於小乘又涵蓋小乘呢？尚未進一步展開論述。

這一章便承接上章展開論述，講到在各自覺知或者說認識、掌握到的眞理上，佛覺知的眞理（無邊聖諦）根本區別和涵蓋二乘所覺知的眞理（初聖諦），並具體提出無邊聖諦的核心內容即不思議空。

在領會經義時，一定要掌握無邊聖諦、初聖諦、聖諦、聲聞緣覺諦、無二聖諦等概念的差別。

❷**初觀聖諦**：剛開始起心理解領悟聖人的眞理。初觀，又作初心觀，又作初心證。

❸**一智**：也作一切智。佛家有三智之說，㈠爲一切智，即聲聞、緣覺的智，意即知一切法的總相，所謂總相即空相；㈡爲道種智，菩薩的智，即知一切種種差別的道法；㈢爲一切種智，即佛智。

❹**以一智四斷知功德作證**：即以第一智成就四事。四斷知，四種斷惑的智慧知見，其實就是指的「我生已盡，梵行已立，所作已辦，不受後有」四智。

❺**出世間上上智**：即佛智。佛家只有三智的說法，㈠爲凡夫、外道的智，雖對一切現象能分別種種，卻執著其有無，所以不能出離世間，仍受果報輪迴；㈡爲出世間智，即聲聞、緣覺二乘的智，能證見四諦，出離世間，獲一定果位；㈢爲出世間上上

智，能觀一切諸法的實相，證得妙覺，超出二乘之智，究竟成佛。

❻**四智漸至**：即先生苦諦智，再生集諦智、滅諦智、道諦智。

❼**四緣漸至**：即先緣苦知苦，再緣集、滅、道諦。聲聞緣覺無論是斷煩惱，生智慧，證諦理，都是漸次的。

❽**金剛喻者**：指金剛喻定、金剛喻智。以金剛喻智慧的能破一切煩惱，斷盡無餘。金剛喻，本為三乘所共。如證阿羅漢的前一念心，起金剛喻定或智，斷煩惱，證無學果。然約破盡一切煩惱的金剛喻智說，聲聞、緣覺是還不配稱金剛喻智的。金剛喻智，要到等覺後心。這時，頓斷一切煩惱，即引起佛智。

❾**以無二聖諦智斷諸住地**：用唯一性的聖人眞理斷絕一切根本煩惱。佛家從各種角度說明唯一，但都歸向佛諦，如《法華經·方便品》說「如來但以一佛乘故為衆生說法，無有餘乘若二、若三。」有餘乘，指仍留有今生身果報的小乘；若二，指居第二的緣覺乘；若三，指居第三的聲聞乘；居第一的則是佛乘。

❿**不思議空智**：不思議空，又作究竟空。空是佛家極重要的概念，幾乎無空不成佛，但大乘與小乘的空諦頗不一致。小乘認為一切諸法（一切物質的精神的現象）生成

流轉或存在，無非是依賴因緣和四大五蘊假合，不過是暫有的幻相，沒有眞主（眞實的主宰），修行人觀得這一切皆空的義理後，決心灰身滅智以脫離這虛幻的一切所帶來的生死苦痛，本經前面講到的「聲聞、緣覺初觀聖諦」就屬於這一範疇。大乘則把側重點放到內心，認爲既然一切諸法依因緣生虛幻無可得，只要內心不執定諸法實在，不產生佔有欲念，保持一種無礙自由的境界，便證入空性，心住涅槃，得以成佛，這樣修行人身處世間法無須「灰身滅智」也能出世間涅槃，這就叫在有不有（處在塵世心住涅槃），在空不空（心住涅槃處在塵世），空即妙有。大乘的這一義理便成爲大乘的「一切衆生皆有佛性」的思想根據。另外，大乘重法，將諸法空性抽象成本元性的眞如理體，將理體作爲絕對的唯一的眞實存在，而理體的空性則是無限無量、遍一切處，在一切物質的精神的現象中都存在，因而修行人只要通過最高的智慧（佛智）覺知獲得眞如理體便能涅槃成佛。從這一義理也能導出「一切衆生皆能成佛」。上述大乘的空諦，由於它的涵蓋廣大無邊、通融空有無礙、肯定衆生佛性，所以褒之爲不可思議，當然不可思議也是對佛的範疇的界定。所以，觀不思議空諦之智，其實也就是佛智。

⓫**煩惱藏**：藏舍一切煩惱和如來法身的四根本煩惱和根本的無明煩惱。藏，含攝、藏納。五住地既藏舍一切煩惱，又藏含如來法身。

⓬**聖義**：此處指「聖」這個字的義理，聖與正的意義相近。能證見正法，得正性決定，名聖。聖應有究竟圓滿的意義，不究竟不圓滿的，不配稱爲聖。

⓭**聖**：此處的聖即聖人，與凡夫相對，僅僅義指入了道，有果位。從阿羅漢、辟支佛到菩薩、佛，都可以直接稱爲聖。

⓮**無明縠藏**：無明煩惱包含。縠（ㄑㄩㄝˋ）鳥卵。

7 如來藏章

譯文

聖諦是什麼？

「是甚深的道理，奧妙精細難以領會，是不可思慮量度的境界，只有具備出世間無上智的聖人才能理解領悟，是一切未斷絕煩惱的世間衆生所無法相信的。什麼緣故呢？

「因爲所講述的甚深的道理是如來藏的義理。如來藏，是如來的無上境界，一切修聲聞乘、緣覺乘的人都無法領會。在如來含藏的義理基礎上，演說聖諦意義，由於如來藏的義理甚深，所以說聖諦也很甚深，奧妙精細難以領會，那是不可思慮量度的境界，只有具備出世間無上智的人才能理解領悟，是一切未斷絕煩惱的世間衆生所無法相信的。

原典

如來藏❶章第七

「聖諦者，說甚深義，微細難知，非思量境界，是智者❷所知，一切世間所不能信❸。何以故？

「此說甚深如來之藏。如來藏者，是如來境界，非一切聲聞、緣覺所知。如來藏處說聖諦義，如來藏處甚深，故說聖諦亦甚深，微細難知，非思量境界，是智者所知，一切世間所不能信。

注釋

❶**如來藏**：梵語爲Tathāgatagrbha，是大乘義理中的重要概念。如來藏的義理也是主要爲大乘教義「一切衆生皆能成佛」提供理論依據的。諸經宣說的如來藏義理不盡相同，或各有側重，大致可以歸結爲三個方面，即所攝、所纏、能攝，三方面的內

容在《勝鬘經》中都有涉及。

(一)爲如來藏所攝，指如來的眞如理體含藏或胎藏一切法（一切物質精神現象），也含藏一切衆生，即衆生是如來的胎兒，這實際是強調了佛性存在的普遍性，眞如的普適性，衆生既然是如來的胎兒，因而原是具有佛性可以成佛的。

(二)爲如來藏所纏，也作如來藏在纏，意即如來法身被裹纏在無量煩惱藏之中。衆生之所以爲衆生，是因爲他們有煩惱，而如來法身又含藏在煩惱之中，所以衆生本有如來性，一旦破除煩惱，如來得以顯出即爲如來法身。

(三)爲如來藏能攝，如來眞如雖然在煩惱的裹藏之中，但它仍具備無量的功德，即佛應具足的一切功德被庫藏在如來藏中，一旦破除煩惱，如來顯出，即無量功德具足。能攝其實是對所纏的補充說明。

❷**智者**：此處智者，不包括聲聞、緣覺。

❸**一切世間所不能信**：經文作者的這種說法是有所指的，如來藏具有濃重的理論色彩和奧妙的辯證成份，它以曲折的形式反映了一般和個別的統一、邏輯和倫理的統一，一般的世俗教徒確實難以理解。

8 法身章

譯文

「若有人於此無量的根本煩惱裏藏著如來眞如，對這義理不疑惑，那麼對破滅無量根本煩惱顯出眞如法身這一義理也不疑惑；如來含藏如來法身唯有佛所知的不可思議的佛境界，及由佛善巧而行的、大方便說，我們如果能於佛所證的、所說的，心得決定不疑的信解，這樣就會相信和理解如來含藏的二種眞理。像這樣的難以知曉、難以理解的義理，就是佛所說如來含藏理論的二種聖諦義。所說的二聖諦義，到底在說那二種呢？就是所謂的說作聖諦義，說無作聖諦義。

「所說的『說作聖諦義』，就是所講述的有限量的、不能使人破滅一切煩惱獲得眞如法身的四聖諦，什麼緣故呢？因爲它使人依賴他力，所以不能了知苦諦的一切內容，不能斷絕集諦中的一切因緣，不能完全契合滅諦的徹底涅槃，修滿道諦中的一切品類。所以，世尊！生死有兩種：凡夫的分段生死與聖人的變易生死，涅槃也是這樣

：有餘今身果的涅槃與脫離一切因果的涅槃。

「所說的『說無作聖諦理義』，就是所講述的無限的、能使人破滅一切煩惱獲得眞如法身的四聖諦。什麼緣故呢？因爲它使人憑藉自力，了知心領的苦諦中的一切內容。斷絕內心的集諦中的一切因緣，內心徹底契合滅諦的涅槃，修行一切達到徹底寂滅涅槃的道諦內容。

原典

法身章❶第八

「若於無量煩惱藏所纏如來藏不疑惑者，於出無量煩惱藏法身亦無疑惑❷；於說如來藏如來法身不思議佛境界，及方便說心得決定者❸，此則信、解說二聖諦，如是難知難解者，謂說二聖諦義。何等爲說二聖諦義，謂說作聖諦義❹、說無作聖諦義❺。

「說作聖諦義者，是說有量四聖諦義❻。何以故？非因他能知一切苦，斷一切集，證一切滅，修一切道。是故，世尊！有爲生死、無爲生死，涅槃亦如是，有餘及無餘。

「說無作聖諦義者，說無量四聖諦義。何以故？能以自力知一切受苦，斷一切受集，證一切受滅，修一切受滅道。

注釋

❶ **法身章**：此章承上章對如來藏的義理展開論述，而論述的內容主要是如來藏義理中最富於辯證意味的、最精微的所纏義。

❷ **於出無量煩惱藏法身亦無疑惑**：對於破滅無量煩惱顯出眞如法身這一義理也不疑惑。經文作者的意思是，只要懂得和相信眞如是裹藏在無量煩惱裏，就會懂得和相信顯出眞如便是法身的道理。

❸ **於說如來藏如來法身不思議佛境界，及方便說心得決定者**：此句前省一「若」字。心得決定，也作心得究竟，意即在徹底理解領悟的基礎上堅定信心修習此理義不改志向。

❹**作聖諦義**：又名「有量四諦」。作，是功勳、加行，約修行說，依四諦修行——知苦、斷集、證滅、修道。聲聞、緣覺名作聖諦，由於四諦事還未究竟，還有苦應知，集應斷，滅應證，道應修。

❺**無作聖諦義**：又稱「無量四諦」。無作聖諦約如來智境說，佛於四諦事圓滿究竟了，不須再作功行，所以名無作聖諦。

❻**有量四聖諦義**：四種聖諦義是有限的，不能使人破滅一切煩惱獲得眞如法身的。

譯文

「如此八種聖諦，而如來實只說四種聖諦。如此四種無作的聖人眞理，只有如來、應受一切衆生供養和遍知世界一切法的佛才能徹底覺知施行，阿羅漢、辟支佛不能徹底覺知施行。什麼緣故呢？因爲非由下而中而上的漸次證悟法，能得究竟涅槃。什麼緣故呢？只有如來、應受一切衆生供養和遍知世界一切法的佛才能徹底覺知？以一切如來、應受一切衆生供養和遍知世界一切法的佛，能覺知一切的未來苦，佛斷絕一切根本煩惱，隨起煩惱所攝受的一切生死因，而且滅一切三乘的意生身，修行契合滅除了一切苦的最高理想境界涅槃。世尊！佛法眞義，非是滅壞煩惱苦法，就名爲苦滅諦，佛所講述的除一切苦的滅諦，可說是沒有初始沒有因緣造作的，因此，滅諦無有生起，也無有滅盡，是不生不滅的無爲法，此涅槃爲離盡一切煩惱的，是永恆的法，自性清淨，是離絕一切根本煩惱的。世尊！只有獲得比恆河沙數還要多的不遠離、不脫絕、無差別、不可思慮議論的佛法，才能講述爲眞如顯現的如來法身。世尊！如此眞如顯現的如來法身，在凡夫位時，爲煩惱所纏，不離煩惱藏，所以就稱爲如來藏。

原典

「如是八聖諦❶，如來說四聖諦。如是四無作聖諦義，惟如來、應、等正覺事究竟，非阿羅漢、辟支佛事究竟。何以故？非下、中、上法得涅槃❷。何以故？如來、應、等正覺於無作四聖諦事究竟，以一切如來、應、等正覺知一切未來苦，斷一切煩惱、上煩惱，所攝受一切集，滅一切意生身，除一切苦滅作證。世尊！非壞法故，名爲苦滅。所言苦滅者，名無始無作，無起無盡，離盡常住，自性清淨，離一切煩惱藏。世尊！過於恆沙不離、不脫、不異、不思議佛法成就，說如來法身。世尊！如是如

來法身，不離煩惱藏，名如來藏。❸

注釋

❶**八聖諦**：即作四聖諦和無作四聖諦。

❷**非下、中、上法得涅槃**：指得涅槃是頓悟頓得的，不是由下中上漸次證悟的。

9空義隱覆眞實章

譯文

「世尊！如來藏智慧，也就是如來空智。世尊！如來藏是一切阿羅漢、辟支佛、大力菩薩原本不知曉的，原本所未曾證得的。

「世尊！如來藏空智有二種。世尊！一種要領悟所謂空如來藏，即含藏的眞如性空的如來藏，此如來藏的眞如雖然被煩惱隱覆，卻是遠離、斷脫、而不與隱覆的一切煩惱合一。世尊！一種要領悟所謂不空如來藏，即含藏的眞如不是空無性，而是具備無量功德、不可思慮議論的佛法。此如來藏的眞如不遠離、不脫絕、無差別的不可思慮議論的佛法。世尊！這二種領悟空性的智慧，唯有諸大聲聞能信受如來所說。一切阿羅漢、辟支佛領悟眞如空性的智慧，只是從原來的四種顚倒（無常顚倒、無樂顚倒、無我顚倒、無淨顚倒）轉變爲四種不顚倒的境界生起的，所以，一切阿羅漢、辟支佛對如來的含藏，原本不知曉，原本所未曾證得的。滅一切苦的究竟涅槃，只有佛才能證得；只有佛才能壞滅一切煩惱的隱覆，修滿一切滅苦的道諦內容。

原典

空義隱覆眞實❶章第九

「世尊！如來藏智❷是如來空智。世尊！如來藏者，一切阿羅漢、辟支佛、大力菩薩本所不見，本所不得。

「世尊！有二種如來藏空智。世尊！空如來藏❸，若離、若脫、若異一切煩惱藏。世尊！不空如來藏❹，過於恆沙不離、不脫、不異、不思議佛法。世尊！此二空智，諸大聲聞能信如來❺。一切阿羅漢、辟支佛空智，於四不顚倒境界轉❻，是故一切阿羅漢、辟支佛本所不見，本所不得。一切苦滅，惟佛得證，壞一切煩惱藏，修一切滅苦道。

注釋

❶**空義隱覆眞實**：煩惱隱覆著的眞如眞實的空性義。空義，空性的道理，此處的空側重指寂滅妄相垢染心淨中空。隱覆，裹纏不得顯出。眞實，眞如眞實不虛。本章討論了認識如來藏中的眞如隱顯的智慧，這一智慧基於眞如的空性理義。

❷**如來藏智**：即是如來空智。如來藏，約衆生本依的一切法空性說。如如法性中，攝得無邊功德性；無邊功德中，主要的是般若。般若智性，與如來藏不二，衆生雖本有而還不曾顯發大用。要到修道成就，圓滿顯發，即如來空智。因地的如來藏智，與果證的如來空智，相即不二。

❸**空如來藏**：指如來藏，從無始以來，即爲一切煩惱垢所纏縛，雖爲煩惱所纏，但並不因此而與煩惱合一。

❹**不空如來藏**：指如來藏具足過恆河沙不思議佛功德法。此處的不空，不是否定空性，而是強調眞如並非無任何體性純屬虛無，因此此處的空與「空如來藏」中的空，概念不同一。

❺**諸大聲聞能信如來**：指能信受如來所說的聲聞衆。大聲聞，即指利根聲聞。

❻**於四不顚倒境界轉**：轉，生起，產生。顚倒，與佛道眞如的道理相反，如以虛爲實，以妄爲眞，以苦爲樂等。阿羅漢、辟支佛的四種顚倒：㈠無常顚倒，即將本來是常（永恆）的涅槃視爲無常；㈡無樂顚倒，將本來是樂的涅槃視爲無樂；㈢無我顚倒，將本來是有我（自性融通周遍隨意自在無礙）的涅槃視爲無我；㈣無淨顚倒，將本來是清淨的涅槃視爲無淨的。常、樂、我、淨是大乘就淨土佛國的理想境界所提出的四種佛界功德。此處經文講阿羅漢、辟支佛入空智，只是從原來的四種顚倒轉變爲在這四方面不顚倒開始的。

10 一諦章

譯文

「世尊！這無因緣造作的四聖諦中，苦諦、集諦、道諦三種諦屬於有生滅變遷的範疇，唯有滅諦是屬於無生滅變遷的範疇。什麼緣故？

「因爲苦諦、集諦、道諦三種諦是具有因緣造作的現實塵世現象。具有因緣造作的現實塵世現象，就有生滅變遷。既有生滅變遷，就是虛妄不實的現象。虛妄不實的現象，就不是究竟的眞理，就不是超出生滅變遷的永恆眞實，就不是衆生歸依的所在。所以，苦諦、集諦、道諦不是至高無上的眞理，不是超出生滅變遷的永恆眞實，不是衆生歸依的所在。

「唯一永恆眞實的苦滅諦即滅諦，遠離有因緣造作的現實塵世現象。遠離有因緣造作的現實塵世現象就是超出生滅變遷的永恆眞實，無生滅變遷的永恆眞實不是虛妄的現象，關於不虛妄的理性的義理是眞理，是永恆眞實的，是衆生歸依的所在。所以，滅諦是至高無上的眞理，是不可思慮議論的眞理。這滅諦，超脫一切衆生心意識所認識的外界現實事物，也不是一切阿羅漢、辟支佛的智慧境界。就像生來眼瞎的人看不到各種物，出生七天的嬰兒看不到太陽，對滅一切苦的滅諦的認識也是如此，一切未能斷惑悟理的凡夫的心意識認識不到滅諦，阿羅漢、辟支佛的智慧也通達不了它。

原典

一諦❶章第十

「世尊！此四聖諦，三是無常❷，一是常。何以故？

「三諦入有爲相❸，入有爲相者是無常。無常者，是虛妄法。虛妄法者，非諦，非常，非依。是故，苦諦、集諦、道諦非第一義諦，非常，非依。

「一苦滅諦，離有爲相。離有爲相者是常，常者非虛妄法，非虛妄法者是諦、是常、是依。是故，滅諦是第一義，不思議。是滅諦，過一切衆生心識所緣❹，亦非一切阿羅漢、辟支佛智慧境界。譬如生盲不見衆色❺，七日嬰兒不見日輪，苦滅諦者亦復如是，非一切凡夫心識所緣，亦非二乘智慧境界。

注釋

❶一諦：本章是將說四聖諦義，實為一諦，即滅諦。此滅諦才是第一義諦。其他之諦是生死雜染法，當然也是有為法。

❷三是無常：無常，梵語阿儞怛也（Anitya），有生滅變遷的現象。阿（A）即無，儞怛也（Nitya）即常。三是，即苦諦、集諦、道諦。

❸入有為相：涉入有因緣造作的境相，即涉及的是具有因緣造作的現實塵世現象。相，梵語攞乞尖拏（Laksana），事物表於外的相狀；表象（心中事物外相）也稱為相。

❹過一切衆生心識所緣：超脫一切衆生的心意識所緣的外界現實事物的認識。過，此處用為超脫。心識，此處泛指人的心意識功能。佛家說心識為能緣，即能認識外界事物；心識認識的對象為所緣。緣，即攀緣的略說。佛家說，心識作用獨自不能起（發生），只有攀緣外境才能起，即只有在進入認識事物的實際過程才能起。認識

，就要涉及、接觸、思慮、忽此忽彼對照選擇，猶如猿攀緣樹木、老人攀借拐杖，所以稱爲攀緣。由於佛家所說的攀緣是帶有情欲和對現實現象的執定（妄執），因而是與寂滅的佛法相悖的，修佛者必須離攀緣，所以《楞伽經》卷一說：「法佛者離攀緣」。

⑤**生盲不見衆色**：生來就眼瞎的人看不見各種外物。生盲，生來即盲。色，此處用爲外物，不只是指物的顏色。

譯文

「凡夫的心意識，對斷和常的二種觀念是顛倒的，一切阿羅漢、辟支佛的智慧，則局限在於遠離惡行煩惱的清淨。

「不能斷惑悟眞的偏頗思想觀念即邊見，是凡夫對於由煩惱產生的色、受、想、行、識五蘊的謬見。他們的想法違悖眞實，固執地把本來是虛假的自身和身外之物當作是可以由自己主宰的眞實存在，從而產生二種觀點，這些觀點就稱爲偏頗思想觀念。這二種觀點，就是所謂認定人身心過去、現在、死後永不間斷、歡樂長享的常見，認定人身心死後斷絕不再續生、不受報應的斷見。僅僅認識到世間一切現象是因緣和合、遷流轉變的，是斷見，不是斷妄悟眞的佛法正見；僅僅認識到涅槃脫離因緣和合、遷流轉變、永恆眞實，是常見，不是斷妄悟眞的佛法正見。中於觀念想法違悖眞實形成的，所以才得出這樣非正見的認識。凡夫對自身的諸根進行思考辨識時，只認識到現世現象在不斷變壞，卻沒有認識到三世因果連續不絕，於是生起斷見，這就是觀念由違悖眞實的想法形成的緣故；凡夫對於心相續的眞義，愚昧不解，不知道心意識在極短的時間裏也有生滅流轉，於是生起常見，這也是觀念由違悖眞實的想法形成的緣故。這違悖眞實的想法形成的觀念，相對於關於五受陰的正確觀念，有的過分了，有的卻不及，由於是抱著違悖眞實的想法對事理進行辨識，所以才形成或斷見或常見的錯誤觀念。持顚倒觀念的衆生，對於五受陰認識是顚倒的，本來是無常的卻想成常的，本來是苦的卻想成是樂的，本來無永恆主宰的我卻想成有永恆主宰的我，本來是不淨的卻想成是清淨的。一切阿羅漢、辟支佛所具有的領悟清淨的智慧，於生死法的無常等，雖有所了知，但於如來一切智所知的如來藏境界，及如來法身，還是本所不見的。

「有的衆生由於相信佛所講的關於如來法身的理義，想到如來法身體性是無生滅遷流恆常不變的、功德無量其樂無窮的、融通周遍隨意自在的、超脫塵世清淨無染的，即具有常、樂、我、淨四德，這並非是顛倒的觀念，這就稱爲斷妄悟眞的佛法正見。什麼緣故？因爲如來法身就是通過契合常、樂、我、淨度達涅槃彼岸，對如來佛法身作這樣認識的，就稱爲正見。得此斷妄悟眞的佛法正見，才是佛的眞子，有的是從聽受佛的演說後生起的，有的是從眞正的佛法生的，有的是從法身的感化中產生的，有的不得佛的法分，但從其他法如布施、持戒而得福報。

原典

「凡夫識者，。二見顛倒。。一切阿羅漢、辟支佛智者，。則是清淨。。

「邊見①者，。凡夫於五受陰②，。我見③妄想計著，。生二見，。是名邊見，。所謂常見、。斷見。。見諸行無常，。是斷見，。非正見；。見涅槃常，。是常見，。非正見。。妄想見故，。作如是見。。於身諸根，。分別思惟④，。現法見壞，。於有相續不見，。起於斷見，。妄想見故；。於心相續愚闇不解，。不知剎那意識境界，。起於常見，。妄想見故。。此妄想見於彼義，。若過若不及，作異想分別，若斷若常。顚倒衆生，於五受陰，無常常想，苦有樂想，無我我想，不淨淨想。一切阿羅漢、辟支佛淨智者，於一切智境界及如來法身，本所不見。

「或有衆生信佛語故，起常想、樂想、我想、淨想，非顚倒見，是名正見。何以故？如來法身是常波羅蜜、樂波羅蜜、我波羅蜜、淨波羅蜜，於佛法身作是見者，是名正見。正見者，是佛眞子，從佛口生，從正法生，從法化生，得法餘財。

注釋

❶**邊見**：有二種，即㈠常見，認爲「我」死後常住不變。㈡斷見，認爲「我」死後斷絕。亦即於五取蘊執取斷、常一邊之謬見。此邊執見緣於薩迦耶見（有身見）所執之我、我所之事法，而起斷、常二見，障礙處中之道諦與出離之滅諦。

❷**五受陰**：又作五取蘊。無論領納外境生情感，還是懷有貪愛而執取虛幻，都給人帶來煩惱。人作爲五蘊假名（結合）之物，正是由煩惱而生，所以稱爲五受陰（五取蘊）。

❸**我見**：為我見、我所見的略說，我見又稱為身見，或身見包括我見、我所見。身見為五惡見之首。佛家認為人身原本是五蘊和合的虛假現象（「五蘊假名」或「五蘊和合之假」），但是有的人卻把自身看作是實有，企圖主宰自己、滿足自己的欲求，結果落得飽受苦痛煩惱，所以視自己為實有是妄見、惡見，佛家就稱這種妄以虛假的自身為實的妄見為我見。佛家又認為，環繞人身的外物也是生滅流轉四大和合無實的，但是有的人卻把身外之物看作實有，並起貪愛欲佔為己有，結果煩惱重重落得空無所有，所以視外物為實是妄見、惡見。佛就稱這種妄以虛假的外物為實有的妄見為我所見。

❹**分別思惟**：內心對事物現象進行思考辨識，以認識到對象屬性。分別，思量識別諸事理；思惟，思量所對的境加以分別。兩種概念有部分重合，思惟包含分別。用在此處，分別側重辨識思惟，側重思考推度。佛家對人的心理研究成就甚著，但不能以現代心理去套合。

11 一依章

譯文

「世尊！清淨的智慧，是一切阿羅漢、辟支佛度向涅槃彼岸的智慧。這清淨的智慧，雖然稱作清淨的智慧，但是與那滅盡一切苦、契合徹底涅槃的滅諦相比，它卻達不到滅諦境界，至於四依智就更達不到滅諦境界了。什麼緣故呢？因爲要使阿羅漢、辟支佛、菩薩三乘初發業的修行者，不致愚昧無知於法的眞實義，但對於四依的眞意義，當來一定能覺，一定能得。爲了阿羅漢、辟支佛、菩薩三乘初發業的修行者，使他們不愚於法，所以世尊才說四依智。世尊！這四依智，不過是世間範疇。世尊！唯有這一歸依，才是一切歸依最高無上依，才是對超出世間的至上無比的眞義理的歸依，即歸依所說的滅諦。

原典

一依❶章第十一

「世尊！淨智者，一切阿羅漢、辟支佛智波羅蜜。此淨智者，雖曰淨智，於彼滅諦，尚非境界，況四依智❷！何以故？三乘初業不愚於法，於彼義當覺當得。爲彼故，世尊說四依。世尊！此四依者，是世間法。世尊！一依者，一切依上，出世間上上第一義依，所謂滅諦。

注釋

❶**一依**：唯一歸依滅諦義如來眞實法身。此章在前一章的基礎上進一步闡述了二乘的智慧（四依智）通達不了滅諦境界，強調要成就無上佛唯有依如來眞實法身即如來藏。

❷**四依智**：四依，又作四入流，是小乘修行逐漸趨向涅槃的四個階段，由於它們也屬

於一般向善的人衆、天衆所依，所以稱爲四依。四依：㈠爲賢者，即修行未入聖位。㈡爲須陀洹及斯陀含，須陀洹Srota-āpanna，意爲入流即能入聖道之流（聖道能流向涅槃故稱爲流），是聲聞乘的初果，斷三界的見惑；斯陀含Sakdāgami，譯爲一來，意即當在欲界受生一度，是聲聞乘的二果，斷欲界前六品思惑。㈢爲阿那含Aāgami譯爲不來，意即不再來欲界受生，是聲聞乘的三果，斷欲界後三品思惑。㈣爲阿羅漢，斷盡一切見思二惑。

12 顚倒眞實章

譯文

「世尊！生和死的現象，是依賴如來藏而有的。因爲有如來含藏眞如眞實，所以才說生死本際是不可知曉的。世尊！因爲有如來藏，依據如來含藏眞如眞實的義理來談論生和死，這樣談法才是符合眞實的善說。世尊！生生死死相續不絕的現象，是六根對外取境作用壞了，繼而六根的作用不在相續生起，這就稱爲生與死。世尊！生和死這兩種現象是虛妄有爲；但它的體性是如來藏，由於世間俗人的談論，才將這些現象說成有死有生。死就是諸根的作用壞滅，生就是新的諸根生成，並非如來含藏眞如眞實本身有生有死。

「如來含藏的眞如眞實是遠離因緣造作的相狀的，因爲如來藏是恆常存在不會變遷的，所以如來含藏眞如眞實，是無邊功德所依止，是能攝持一切功德不失，一切佛法是因此而得建立。世尊！它不遠離、不斷絕、不脫棄、不差別、不可思慮議論的至上佛法。世尊！它是斷絕、脫棄、差異、外離有因緣造作雜染有爲諸法的憑依、攝持、建立處所，這就是含有眞如眞實的如來藏。

「世尊！如果沒有如來含藏眞如，人們就不會厭棄世間各種苦，樂意追求寂滅各種苦的涅槃。什麼緣故呢？因爲眼識、耳識、鼻識、舌識、身識、意識及末那識，此七法是念念生滅不住的，所以，沒有如來藏，即不種衆苦，也就不會厭棄苦、樂意追求寂滅的涅槃的。世尊！如來藏之所以爲生死涅槃依，是因爲它無前際，是不生不滅的常住法，能爲衆苦生死涅槃作所依，衆生這才得厭苦，樂意追求涅槃。

「世尊！如來藏，不是五蘊現象妄想的實有主宰，不是由五蘊結合爲虛妄身的衆生，不是只有五蘊結合身那樣的一期壽命，不是沒有實有主宰的有情執妄的人。如來藏，那些墮落成固執認爲自己和外物有眞實主宰的衆生、對世間虛妄與眞實佛法作顚倒認識的衆生、那些迷亂於法空性，而意有錯失的衆生，是通達不了如來藏眞如眞實的境界的。

原典

顛倒眞實❶章第十二

「世尊！生死者，依如來藏❷。以如來藏故，說本際不可知❸。世尊！有如來藏故，說生死，是名善說。世尊！生死生死者，諸受根沒❹，次第不受根起，是名生死。世尊！生死者，此二法是如來藏，世間言說故有死有生。死者諸根壞，生者新諸根起，非如來藏有生有死。

「如來藏離有爲相，如來藏常住不變，是故如來藏是依，是持，是建立。世尊！不離、不斷、不脫、不異、不思議佛法。世尊！斷、脫、異、外有爲法依、持、建立者，是如來藏。

「世尊！若無如來藏者，不得厭苦，樂求涅槃。何以故？於此六識及心法智❺，此七法刹那不住，不種衆苦❻，不得厭苦，樂求涅槃。世尊！如來藏者，無前際，不起不滅法，種諸苦，得厭苦樂求涅槃。

「世尊！如來藏者，非我，非衆生，非命，非人。如來藏者，墮身見衆生、顚倒衆生、空亂意衆生❼，非其境界。

注釋

❶**顚倒眞實**：對眞實義的顚倒認識，即將非眞實的視爲眞實的，將眞實的視爲非眞實的。如來藏是常住不變的眞實，而依於如來藏的生死卻是非眞實的，但人們往往誤以爲如來藏有生有死，這就是顚倒眞實。本章就是以衆生最關注的生死問題來討論顚倒眞實的。

❷**如來藏**：指於一切衆生之煩惱身中，所隱藏之本來清淨（即自性清淨）的如來法身。蓋如來藏雖覆藏於煩惱中，卻不爲煩惱所污，具足本來絕對清淨而永遠不變之本性。

又一切染污與清淨之現象，皆緣如來藏而起之教法，即稱如來藏緣起。

❸**說本際不可知**：說生死的最初邊際，是不可知曉的。際，即世，一般際有三際，即前際（過去世）、中際（現在世）、後際（未來世）。但本際作爲如來藏的所攝性

的體現，涵蓋一切世。

❹**諸受根沒**：指眼等六根的取境作用壞滅了。受即是取，眼等六根能取六境，說名受根。

❺**心法智**：爲第七末那識的異名。智，約凡夫的顚倒智說（《智論》有「心想智力」句），妄想執著，不是眞智慧。

❻**不種衆苦**：指種下的苦種，即是招感三界生死的業；由善業感人天善果，由惡業感三惡趣果。即是善惡等薰習依於如來藏，善惡業不失而能感三界生死果。

❼**空亂意衆生**：指阿羅漢、辟支佛淨智，也名空智。二乘空智，不能通達一切法性空，即究竟正見空義，所以說是空亂意，即迷亂於法空性，而意有錯失。

13自性清淨章

譯文

「世尊！如來藏，是對眞如不變的含藏、是如來法身的含藏，是超出世間的至高無上諦義的含藏、是本性清淨無染心的含藏。這本性清淨無染眞如心的含藏，又被各種煩惱，隨起煩惱這些非心性固有的穢垢所汚染，所以說這如來藏是不可思慮議論的如來境界。什麼緣故呢？因在極短時間內的善心生起，不是煩惱能染汚的；在極短時間內的不善心生起，也不是煩惱能染汚的。煩惱沒有作用心，心沒有作用煩惱。爲什麼說心、煩惱互不相入，而能得染心呢？世尊！然而確有煩惱存在，有煩惱能汚染心。本性清淨無染的心而有染汚，卻是難可明了知曉的，只有世尊，具有透過一切現象認識眞如實相的能力、智慧，爲一切善法的根本爲通曉一切法門，能秉持正法並傳授衆生，能覺知明見一切諸法實相。」

勝鬘夫人講到這些甚深難解的妙法並向佛求救，請佛證明時，佛即隨順歡喜的說

：「正是這樣，正是這樣！本性清淨無染的心卻有被污染的現象，這確是難可明了知曉的。有二種事理難可明了知曉，即所說的本性清淨無染的心難可明了知曉；那本性清淨無染的心被煩惱污染也難可明了知曉。這兩種事理，你和在修習大乘教法有成就的大菩薩才能聽明領悟，至於其他各位修聲聞乘的弟子，只有相信佛所說的本性清淨心有污染的義理，而不能以自己的智慧來領會。

原典

自性清淨❶章第十三

「世尊！如來藏者，是法界藏❷、法身藏、出世間上上藏，自性清淨藏。此自性清淨如來藏，而客塵煩惱上煩惱所染，不思議如來境界。何以故？剎那善心，非煩惱所染；剎那不善心，亦非煩惱所染。煩惱不觸心，心不觸煩惱❸。云何不觸法，而能得染心？世尊！然有煩惱有煩惱染心。自性清淨心而有染者，難可了知，惟佛世尊，實眼實智，爲法根本，爲通達法，爲正法依，如實知見。」

勝鬘夫人說是難解之法問於佛時，佛即隨喜：「如是，如是！自性清淨心而有染污，難可了知。有二法難可了知，謂自性清淨心，難可了知；彼心爲煩惱所染，亦難可了知。如此二法，汝及成就大法菩薩摩訶薩乃能聽受，諸餘聲聞❹，唯信佛語❺。

注釋

❶**自性清淨**：因有不改變的本性清淨無染。自性，事物固有的不改不變的本性，此處所說的自性是如來藏的眞如本性，也即指衆生的心性中的眞如。「心性本淨」是大乘的基本思想，如來藏諦義是對「心性本淨」思想的闡發。本來是自性清淨的心怎麼會生發出不善不淨的各種念頭識見呢？本經用「在纏位之法身」的義理作了回答，本章又用「客塵所染」的論述作了進一步的說明。

❷**法界藏**：含藏眞如理法不改不變的本性。法界，梵語達磨馱都（Dharmadhātu），釋義很多，此處意即眞如之理性。法，一切諸法；界，即性，性的意思是不改不變的固有本性。在一切諸法中有不改不變本性的唯有眞如實相或眞如理體。又法界可直譯爲法性、實相、實際。

❸**煩惱不觸心，心不觸煩惱**：因爲法法是不相到的，各住自性，煩惱是煩惱，心是心，就是同時能生起，也還是互不相入。

❹**諸餘聲聞**：其他各聲聞乘。佛家習慣地稱本門教法爲宗，稱他門的教法爲餘，此處站在大乘教上稱小乘的聲聞爲餘。

❺**唯信佛語**：只有先相信佛所說的自性清淨心而有染的義理。意味著聲聞乘暫時還聽不懂、領悟不了，只有先由信入。

14如來眞子章

譯文

「如果佛弟子，信我的言教並隨順修習，信心不斷增長，憑依這明智的信心究竟不改，就能隨順智慧觀察正法，進而達到悟入正法，於正法究竟決了無疑了。

「隨順智慧觀察正法者，即反復觀察佛法中設立的感知思惟器官思量，解知事理的義理，反復觀察前世的造作行爲必然導致後世果報的義理，反復觀察阿羅漢爲什麼心還有深潛的煩惱，反復觀察心智慧通達無礙自在的悅樂、心進入禪定清淨寂慮的悅樂，反復觀察阿羅漢、辟支佛、大力菩薩等聖人的神通變化自在無礙，於此五種慧巧方便觀察成就，即名隨順法智。在我入滅後的未來世中，如果我的弟子信我的言教並隨順修習，信心不斷增長，憑依這明智的信心，就能進而隨順五善巧觀的法智，達到對本性清淨無染卻被煩惱污染這一義理的完全明了。

「對這一義理的完全明了，就是進入大乘道的前提。相信如來的言教，就能獲得明了如此深義的大利益，就不會因如此深義難解而誹謗它。」

原典

如來眞子❶章第十四

「若我弟子隨信❷，信增上者，依明信已，隨順法智而得究竟。

「隨順法智者，觀察施設根、意解境界❸，觀察業報，觀察阿羅漢眠，觀察心自在樂禪樂，觀察阿羅漢、辟支佛、大力菩薩聖自在通❹。此五種巧便觀成就。於我滅後未來世中，若我弟子隨信，信增上，依於明信，隨順法智，自性清淨心，彼爲煩惱染污，而得究竟。

「是究竟者，入大乘道因。信如來者，有如是大利益，不謗深義。」

注釋

❶**如來眞子**：同佛眞子。本章內容是世尊對勝鬘夫人的繼續回答，世尊就小乘對自性

清淨心有染的義理難可了知而唯信佛語，展開論述了小乘弟子如何由信入、隨順法智而得究竟。

❷**隨信**：聲聞乘中有根利根鈍的，根鈍的爲隨信，根利的爲隨法。隨法的能自己思惟所聽到的佛法而修習。本章的內容主要是對聲聞的鈍根者言的。

❸**觀察施設根、意解境界**：反復思慮念想所構擬的關於六根思量、解知事理的義理。觀察，在心裏思慮念想，不能理解爲對現實事物反復察看了解。施設，相當於安立、建立。意，思量。境界，意識所對境塵法界。

❹**自在通**：又作遊戲神通，意即神通變化自在無礙，自在出入變化隨意，如戲一般，所以戲與自在同義。

15 勝鬘章

譯文

這時勝鬘夫人對佛說：「還有其餘的大利益，我應當秉承您的威神之力，再說說這義理。」

佛說：「請說吧！」

勝鬘夫人對佛說：「有三種善男子、善女人，如果面對這甚深的義理，能得到三種利益；不因曲解佛法而生謗言，傷害了自己；依法修行六度，因此可獲廣大功德；從信而解，信解而行，可入大乘之道。是哪三種人呢？一種是自己努力獲得覺知佛法的智慧的善男子、善女人；二種是隨順法智有成就的善男子、善女人；三種是對各種深奧佛法自己不能明了知曉的善男子、善女人。這三種人如果信仰推崇如來，這是非我所解的境界，唯有佛所能知道。這就稱爲善男子、善女人信仰推崇如來。除了這三種善男子、善女人以外，餘下的各類衆生，如果面對各種精深的佛法還頑固地執定違悖眞實的見解，背棄眞正的佛法，修習各種佛法以外的教法，凡是這些腐化敗壞自己善根的，就應當用王的威力和諸天衆、龍神、鬼神的威力，加以調教，使他們降伏。」

這時，勝鬘夫人與各位隨從，向佛行最莊重的頂足禮。佛說：「妙啊！妙啊！勝鬘夫人！你能巧妙地持守維護甚深的佛法義理，降伏違悖佛法的人，確能恰到好處，你實已親近百千億佛了，才能演說出此深奧的義理。」

這時，世尊全身放出殊勝的光明，普照大衆，並以神通力飛昇到空中，約有七棵棕櫚樹高，足在虛空裏行走，返回舍衛國。這時勝鬘夫人和各位隨從恭敬地合掌向佛敬禮，瞻仰不厭，注視不歇。當佛的形相從視野中消失，人們歡快地跳躍著，每個人都稱頌讚歎如來不思議的功德，他們一心虔誠地想佛念佛，捨不得佛。回到城裏，又向友稱王稱頌讚歎大乘法。城中的女人，七歲以上的，都由勝鬘以大乘道教化；友稱大王也用大乘道教化各位男子。於是全國所有七歲以上的人民都歸向了大乘教。

原典

勝鬘章❶第十五

爾時，勝鬘白佛言：「更有餘大利益，我當承佛威神，復說斯義。」

佛言：「便說。」

勝鬘白佛言：「三種善男子、善女人於甚深義，離自毀傷❷，生大功德，入大乘道。何等爲三？謂若善男子、善女人，自成就甚深法智；若善男子、善女人，成就隨順法智；若善男子、善女人，於諸深法不自了知，仰推世尊，非我境界，惟佛所知，是名善男子、善女人仰推如來。除此諸善男子、善女人已，諸餘衆生，於諸深法堅著妄說，違背正法，習諸外道，腐敗種子者，當以王力及天、龍、鬼神力❸而調伏之。」

爾時，勝鬘與諸眷屬頂禮佛足。佛言：「善哉！善哉！勝鬘，於甚深法方便守護，降伏非法，善得其宜，汝已親近百千億佛❹，能說此義。」

爾時，世尊放勝光明，普照大衆，身昇虛空，高七多羅樹❺，足步虛空，還舍衛國。時勝鬘夫人與諸眷屬合掌向佛，觀無厭足，目不暫捨。過眼境已，踴躍歡喜，各各稱歎如來功德。具足念佛，還入城中，向友稱王❻，稱歎大乘。城中女人，七歲已上，化以大乘。友稱大王亦以大乘化諸男子，七歲已上舉國人民皆向大乘。

注釋

❶**勝鬘章**：即勝鬘夫人章。本章是本經的最後一章，主要內容有三個，㈠是勝鬘夫人對佛說的關於隨順法智入大乘道的義理的補充；㈡是描述了衆人聽完世尊說法後歡躍稱頌的盛況；㈢是通過佛說，概括了此經的主要內容。

❷**自毀傷**：因不信或曲解佛法，以致謗法，造下口業，自己傷害自己，是爲自毀傷。

❸**王力及天、龍、鬼神力**：王的威力和諸天、龍神、鬼神的威力。諸天（Dava）、龍神（Nāga）、鬼神即樂叉（yakṣa），是天龍八部衆中的頭三種。龍神爲水屬之王，八部衆中龍神的神通力僅次於諸天，所以用天龍代表八部。鬼神，狹意指樂叉，即飛行空中的鬼神；廣意指天龍八部衆，鬼意即有威，神意即有能。

❹**汝已親近百千億佛**：大乘的多佛論包括這一含義，所謂一即一切，即一人成佛，能與萬佛相通，具足萬佛功德。

❺**高七多羅樹**：多羅又作呾囉（Tāla），意即岸樹、高竦樹，其實是一種棕櫚樹，學名Borassus flabelliformis或Lontarus domestica，佛籍中說它極高者七八十尺。又多羅作爲長度單位約等於二十一米。

❻**友稱王**：即舍衛城王。舍衛Śrāvastī，又譯爲聞物國，好名聞國，因此國出名人、勝物，名播四方，所以又叫友稱國，即受到其他諸國的友善稱頌。

譯文

這時，世尊進入了祇洹精舍，喚來長老阿難並念著天帝釋。天帝釋和他的隨從應著世尊的心念忽然到來，停立在佛的面前。這時，世尊向天帝釋和長老阿難充分地演說這部經，演說結束，對天帝釋說：「你應當領受牢記反復讀誦這本經，憍尸迦！若有善男子、善女人於恆河沙數那樣多的長時間裏修習圓滿覺悟法，施行六度；如果有善男子、善女人聽到並領受讀誦這本經，甚至持有經卷修習不已，這樣獲得的福德要比一般修習圓滿覺悟法和施行六度的多，何況對人傳播演說這部經！所以，憍尸迦！你應當讀誦這本經，並對三十三天衆分別傳播宣說這本經。」

佛又對阿難說：「你也要領受讀誦這本經，爲各位比丘、比丘尼、優婆塞、優婆夷傳播宣說。」

這時，天帝釋問佛：「世尊！我們應當如何稱呼這本經？我們承受、遵依、施行這本經的哪些諦義？」

佛對天帝釋說：「這本經能成就無量無邊的功德，是一切修聲聞乘、緣覺乘的人所不能徹底領悟覺知的。憍尸迦！你應當知道這部經義非常深奧微妙，聚集著佛法中宏大的功德。我現在要爲你概要地說明它的名義，你要仔細聽！仔細聽！要好好思慮牢記。」

這時，天帝釋和長老阿難說：「好啊！世尊！我們恭受您的教導。」

佛說：「這部經讚歎如來絕對眞實的理體和至高無上的功德，這一條要領受牢記；勝鬘夫人從佛領受的不可思慮議論的宏大佛法，這一條要領受牢記；一切誓願都包含在勝鬘夫人所立的三大誓願裏，這一條要領受牢記；說了不可思議攝受正法，這一條要領受牢記；說了三乘歸入一乘，這一條要領受牢記；說了聖人掌握的具有無限意義的眞理，這一條要領受牢記；說了如來的含藏，這一條要領受牢記；說了眞如實相顯現的法身，這一條要領受牢記；說了煩惱隱覆著的眞如眞實的空性義，這一條要領受牢記；說了唯一關於永恆眞實的眞理，這一條要領受牢記；說了常住安隱唯一無上的滅諦，這一條要領受牢記；說了對眞實義的顚倒認識，這一條要領受牢記；說了本性清淨無染的心被煩惱隱覆，這一條要領受牢記；說了弟子隨順如來可以得道，這一條要領受牢記；說了勝鬘夫人像師子吼那樣無畏地演說佛法，這一條要領受牢記。

「其次，憍尸迦！這部經講述的義理，可斷絕一切疑惑，確立對究竟眞實義理的堅定信念，引導人歸入唯一佛乘道。憍尸迦！現在我將說的這部《勝鬘夫人師子吼經》托付給你，直到佛法還住在世間的時期，你都要領受牢記讀誦不已，廣泛地爲一切衆生分別演說、傳播。」

天帝釋對佛說：「好啊！世尊！恭受您的教導。」

這時，天帝釋、長老阿難和所有參加說法盛會的諸天衆、人衆、阿修羅、樂神等，聽了佛的教言，歡喜地信受奉行。

原典

爾時，世尊入祇洹林❶，告長老阿難及念天帝釋❷。應時帝釋與諸眷屬忽然而至，住於佛前。爾時，世尊向天帝釋及長老阿難廣說此經，說已，告帝釋言：「汝當受持讀誦此經，憍尸迦❸！善男子、善女人於恆沙劫修菩提行，行六波羅蜜，若復善男子、善女人聽受讀誦，乃至執持經卷，福多於彼，何況廣爲人說！是故，憍尸迦當讀誦此經，爲三十三❹分別廣說。」

復告阿難：「汝亦受持讀誦，爲四衆❺廣說。」

時，天帝釋白佛言：「世尊！言當何名斯經，云何奉持？」

佛告帝釋：「此經成就無量無邊功德，一切聲聞、緣覺不能究竟觀察知見。憍尸迦！當知此經甚深微妙，大功德聚，今當爲汝略說其名，諦聽諦聽！善思念之。」

時，天帝釋及長老阿難白佛言：「善哉！世尊！唯然受教。」

佛言：「此經歎如來眞實第一義功德，如是受持；不思議大受，如是受持；一切願攝大願，如是受持；說不思議攝受正法，如是受持；說入一乘，如是受持；說無邊聖諦，如是受持；說如來藏，如是受持；說如來法身，如是受持；說空義隱覆眞實，如是受持；說一諦，如是受持；說常住安隱一依，如是受持；說顚倒眞實，如是受持；說自性淸淨心隱覆，如是受持；說如來眞子，如是受持；說勝鬘夫人師子吼，如是受持。

「復次，憍尸迦！此經所說，斷一切疑，決定了義，入一乘道。憍尸迦！今以此說《勝鬘夫人師子吼經》付囑於汝，乃至法住，受持讀誦，廣分別說。」

帝釋白佛言：「善哉！世尊！頂受尊教。」

時，天帝釋、長老阿難及諸大會天人、阿修羅❻、乾達婆❼等，聞佛所說，歡喜奉行。

注釋

❶**祇洹林**：祇洹林即祇洹太子之林，祇洹也作祇陀（Jetr Jeta）。舍衛國波斯匿王之子，在城擁有一處優美的園林，給孤獨長者向太子求購。太子起初不許，在聽到給孤獨長者買園是造僧園獻佛後，便只賣園地，自留樹林以供養佛，於是後人便將這

一處佛傳教活動的場所合稱爲「祇樹（即祇洹林）給孤獨園（或作精舍）」。

❷**告長老阿難及念天帝釋**：喚來長老阿難心念著忉利天主帝釋。阿難（Ananda），釋迦牟尼的十大弟子之一，也是他的堂弟。阿難的記憶能力極強，第一次結集，整理佛的言教，主要根據阿難的記誦。帝釋，即須彌山頂忉利天主，統領三十三天，居喜見城，其梵語名爲釋迦提桓因陀羅（Śakra derānām Indra），略稱爲釋提桓因。釋迦（Śakra）是姓，意即能；提桓（Devānām）意爲天；因陀羅（Indra）意即帝。因此釋迦提桓因陀羅應直譯釋迦（或龍）天帝，或簡稱爲釋天帝，漢語幾經變化將釋天帝倒說成天帝釋。

❸**憍尸迦**：Kauśika又作憍支迦，即天帝釋。古印度有摩伽陀國（Magadha），國中有一婆羅門（Brāhmaṇa），名叫摩伽（Maga），姓憍尸迦，此人福德智慧超衆，他的知友三十三人都修福德有成就，他們死後都受生爲須彌山頂天上，摩伽爲天主。此經中佛陀喚天帝釋爲憍尸迦，是稱呼他昇天前作爲人時的本姓。

❹**三十三**：即三十三天。又作忉利天。六欲天之一。於佛教之宇宙觀中，此天位居欲界第二天之須彌山頂上，四面各爲八萬由旬，山頂之四隅各有一峰，高五百由旬，

由金剛手藥叉神守護此天。中央之宮殿（善見城）爲帝釋天所住，城外周圍有四苑，是諸天衆遊樂之處。城之東北有圓生樹，花開妙香薰遠，城之西南有善法堂，諸天衆群聚於此，評論法理。四方各有八城，加中央一城，合爲三十三天城。

❺**四衆**：指構成佛教教團之四種弟子衆。又稱四輩、四部衆、四部弟子。即比丘、比丘尼、優婆塞、優婆夷；或僅指出家四衆，即比丘、比丘尼、沙彌、沙彌尼。

❻**阿修羅**：爲六道之一，八部衆之一。意譯爲非天、非同類、不端正。阿修羅爲印度最古諸神之一，係屬於戰鬥一類之鬼神，經常被視爲惡神，而與帝釋天（因陀羅神）爭鬥不休，以致出現了修羅場、修羅戰等名詞。

❼**乾達婆**：意譯爲食香、尋香行、香神等。指與緊那羅同奉侍帝釋天而司奏雅樂之神。又作尋香神、樂神、執樂天。八部衆之一。傳說不食酒肉，唯以香氣爲食。

源流

如來藏的概念雖然不是《勝鬘經》創設的，但如來藏的系統理論特別是其中的核心義理「在纏位」說卻是本經建立的。如來藏系統理論一經建立，便形成了一種具有激動力的思潮，在印度佛教史上，作爲大乘中期的重要思潮，激勵著瑜伽行派的學術活動，促進了唯識學說的發展；在中國佛教史上，從南北朝起，成爲涅槃學系的重要支撐，後終於導出以《大乘起信論》爲代表的具有中國特點的眞如緣起的宏論，遂又藉《大乘起信論》的增上力，裨益天台、賢首、法相等。宋以後，本經的講習研究雖轉衰羸，但近代又受到重視，直到八十年代末，中國佛學院重編的《釋氏十三經》，將它列爲天台學系的代表經典之一。

先說在印度佛教史上的影響。本經對瑜伽行派的影響是逐漸發生的。本經凸出講到「在纏位」隱覆義，但在論述自性清淨心如何有染，又如何離染時卻非常含糊，甚至反復感歎「難可了知」。但是本經也流露出想搞清其中的內心機制和行運過程，所以提出了要「觀察施設根、意解境界」❶（這一句在唐譯本中寫作「觀根、識、境」，其理論取向體現得更爲明顯）。

但是本經的作者尚停留在舊有的心識知識上，只提出了「於此六識及心法智，此七法剎那不住」❷。由於缺乏新的理論工具，所以「七法」仍含糊在舊的根、識、境知識範疇裏。然而它畢竟啓示人們確認掘進方向之所在。

踵後出現的《解深密經》正是緊緊抓住了根、識、境，不過改造了「心法智」這個純「向上門」的含糊概念，代之以唯識範疇的阿賴耶識（Ālaya）。阿賴耶的梵語意就是含藏，此經還把阿賴耶識稱做阿陀那識（Ādāna），阿陀那的梵語意爲執持，不過是含藏的同義辭。究竟什麼是阿賴耶識？此經借如來之口說：

「汝今爲欲利益安樂無量衆生，哀愍世間……吾當爲汝說心意識祕密之義……於六趣生死，彼彼有情，墮彼彼有情衆中，或在卵生，或在胎生，或在濕生，或在化生，身分生起，於中最初一切種子心識成熟，展轉和合，增長廣大……此識亦名阿陀那識，何以故？由此識於身隨逐執持故。亦名阿賴耶識，何以故？由此識於身攝受、藏隱、同安危義故。亦名爲心，何以故？由此識色、聲、香、味、觸等積集滋長故。……阿陀那識爲依止，爲建立故。」❸

這裏最清楚不過地表達了從心意識秘密著力的理論取向和建立阿賴耶識緣起義理體系的理識意圖。此經所提出的著名的三相三無性即遍計所執相（Parikalpita）無自性、依他起相（Paratantra）無自性、圓成實相（Pariniṣpanna）無自性，無非是以阿賴耶識爲核心講通「流轉」與「還滅」，這正是如來藏的關注範疇。但是，此經也沒有明確地系統結合如來藏說來論述阿賴耶識。

將如來藏和阿賴耶識結合起來詳論的，是遲至五世紀才產生的《楞伽經》，此經將如來藏與阿賴耶識等而視之，且將《解深密經》中講述的七識，進一步細分爲八識，即將阿賴耶識定爲第八識，另立一個末那識（Manas）爲第七識，定前七識爲「轉識」，第八識爲「本識」，此經說「如來之藏是善不善因」，當阿黎耶識（即阿賴耶識）不與「無明七識共俱」時名如來藏，與「無明七識共俱」時就叫阿黎耶識❹，並說「阿黎耶識名如來藏，無共意轉識薰習，故名爲空；具足無漏薰習法故，名爲不空。」❺這二空義與《勝鬘經》二空智前後照應。

佛學界認爲《楞伽經》第八識還有許多沒講明確的地方，兩種中譯本（漢譯、宋譯）的文義也不甚清晰。其實也不奇怪，將如來藏融入唯識論，建立全面系統、義理明確的唯識學說，是由瑜伽行派無著（Asaṅga，約公元三一〇——三九〇年）、世親（Vasubandhu，約公元三二〇——四〇〇年）、陳那（Dignāga，公元四二〇——

—五〇〇年）、護法（Dharmapāla，公元五三〇——五六一年）等幾代人的努力完成的。

次說在中國佛教史上的影響。《勝鬘經》譯介到中國後，受到涅槃師的極大重視，當時著名涅槃師慧觀即爲此經作序。最早爲此經作注的是道生的弟子道猷，道生圓寂後，道猷爲弘揚道生遺教，作《勝鬘經注解》五卷。道猷弟子道慈，將《勝鬘經注》縮寫成《要解》二卷。其後南朝、北朝均有習涅槃或兼習涅槃的弟子競相作注疏，南地有慧超的《勝鬘經注》、法瑗的《勝鬘經注》、僧馥的《勝鬘經注》、僧璩的《勝鬘經文旨》、法珍的《勝鬘經義疏》、慧通的《勝鬘經義疏》、梁武帝還爲此經撰了《別釋》；北地則有道辨的《勝鬘經注》、慧光的《勝鬘經注釋》、曇延、僧苑、靈祐分別作了「疏」。十分遺憾的是，上述著作均散佚不存。

隋唐以前的注疏，幸賴敦煌保存下來兩卷，即北魏正始元年（公元五〇四年）的寫本《勝鬘經義記》、延昌四年（公元五一五年）寫本照法師《勝鬘經疏》殘本。涅槃師看重《勝鬘經》是因爲他們高揚「一切衆生悉有佛性」，其義中連一闡提（Icchāntika，意即不具信，不信佛法者）也不例外。隋代的吉藏歸納涅槃師的教義時

曾說：「我者即是如來藏義，一切衆生悉有佛性，即是我義。」❻

隋唐僧人的注疏也散失不少，如元曉的《勝鬘經疏》二卷、道倫的《勝鬘經疏》二卷、攀法師的《勝鬘經義記》一卷、靖邁的《勝鬘經疏》一卷均不存。現僅存慧遠的二卷《勝鬘經義記》中的上卷、吉藏的《勝鬘經寶窟》六卷、窺基的《勝鬘經述記》二券、明空的《勝鬘經義疏私鈔》六卷。其中影響最大的是吉藏的《寶窟》。吉藏關注《勝鬘經》也與他兼習《涅槃經》有關。由於吉藏學貫諸系、廣識博洽，《勝鬘經》許多難解之處有賴他得以疏通，唐時菩提流志譯的《勝鬘夫人會》，大量參照了吉藏的《寶窟》。

對照兩種譯本，頗爲有趣，除了後者大量照抄前者外，也有不少區別。劉宋譯本行文用辭古奧理解較難，唐譯本行文淺近簡明較易閱讀；劉宋譯本保留了不少外來語句式情趣，唐譯本努力寫得接近漢語習慣；有的經文，劉宋譯本用否定表述法，唐譯本則蓄意改成肯定表述法，如劉宋譯本「見諸行無常，是斷見，非正見；見涅槃常，是常見，非正見。」唐譯本作「見生死無常、涅槃是常，非斷、常見（意即不抱以斷、常見），是名正見。」❼但爲什麼歷代學人多用劉宋譯本呢？這是因爲劉宋譯本除古趣盎然外，面貌更接近原本；而唐譯本更多帶有吉藏注的影響，人工漢化的痕跡重，且有的地方明顯謬誤，如唐譯本「一乘章」前文明明寫著：「僧者是三乘衆，……三乘衆者，有恐怖故，歸依如來。」後文卻寫作：「而以方便說於二乘……二乘者同入一乘。」然而劉宋譯本就明白無誤地寫作：「即是大乘，無有三乘。三乘者，入於一乘。」劉宋譯本不僅前後文一致，而且體現了所從來是《法華經》的「三乘方便，一乘眞實」。

《勝鬘經》激起的如來藏思潮，在中國佛教史上造就的最顯赫的成果，就是堪稱佛學偉大著作的《大乘起信論》。此論系統論述的眞如緣起義理具有中國佛教特色，含納各宗各派精華，其思想也因之具有很強的輻射能力，唐宋以來無論賢首、天台、禪宗、淨土、法相都弘揚此論，以此爲進階；影響遠播海外日本、朝鮮已有千餘年，近世更傳譯至西歐。此論原題爲馬鳴（Aśvaghoṣa，約公元二世紀）著，眞諦三藏（Parmārtha即波羅末陀，公元四九九年——五六九年）譯，唐代就已有人疑爲僞作，現代中、日衆多學者反復考證，斷定此論是中國佛家創作，梁啓超因此欣喜若狂：

「……巍然成爲世界學術界之一重鎮。前此共指爲二千年前印度大哲所撰述，一旦忽證明其出於我先民之手，吾之歡喜踴躍乃不可言喻。……要之在各派佛學中能擷其菁英而調合之以完成佛教教理最高的發展；在過去全人類之宗教及哲學學說中，確能自出一頭地有其顛撲不破之壁壘：此萬人所同認也。而此業乃吾先民之所自出，得此足以爲我思想界無限增重。」❽

《大乘起信論》所講的眞如緣起，其實也就是如來藏緣起。此論講及如來藏作爲如來法身、不思議佛法的本體義，幾乎照抄《勝鬘經》：「具足如是過於恆沙不離、不斷、不異不思議佛法，乃至滿足無有所少義故，名爲如來藏，亦名如來法身。」講及二空義，也是承襲《勝鬘經》的旨趣：「此眞如者，依言說分別，有二種義。云何爲二？一者如實空，以能究竟顯實故；二者如實不空，以有自體，具足無漏性功德故。」但是，此論特別凸出了「一心眞如」，強調其爲「一法界大總相法門體」，把「自性清淨心」的「還滅」義建立在「性自滿足一切功德」上，這就爲我國佛學高揚向內求的精神提供了重要的理論依據。

《楞伽經》的本意是講如來藏和阿賴耶識本來爲一，只是講佛性便用如來藏，講人心便用阿賴耶識。但是魏譯《楞伽經》卻誤譯成：「如來藏識不在阿黎耶識中，是故七種識有生有滅，如來藏識不生不滅。」❾這樣就把本來一心的自性清淨心說成了二心，即淨心和染心。《大乘起信論》繼承了這種思想，也將如來藏和阿賴耶識分開，即完全用染、淨二心之說來組織其理論體系，從根本上否定了一心說，「也就是將如來藏看成是阿賴耶識的『覺』的一方面而另找一個自體，強調離開妄念而自有其體。這樣也就在生滅流轉的根源問題上，以為生滅和如來藏無關，從而形成了與印度佛教迥然不同的新說。」❿這種論斷符合中國佛教史發展的實際情況。

《勝鬘經》在宋代以後注疏講習衰歇，再也沒有出現南北朝時的熱潮，顯然與《楞伽經》、《大乘起信論》更受到佛學界的廣泛重視有關。這也是勢所必然，佛學和其他的學術一樣，總是隨著歷史的發展前進的，《楞伽》、《起信》比《勝鬘》更豐富、更精微，更具有包容性、更能體現大乘精神。然而，如果沒有《勝鬘》對如來藏思想的開展，是不可能有後者理論的壯觀的。

唐代菩提流志編譯了《大寶積經》一百二十卷，並把他譯的《勝鬘夫人會》編入了其中的第四十八會。無獨有偶，由勝友、善帝覺、智軍譯的《勝鬘經》藏文本，也被編入了《大寶積經》。自唐代以來，人們都習慣地在著錄內典時將《勝鬘經》列入「寶積部」。將《勝鬘經》歸入「寶積部」並非全無道理，因為《大寶積經》講求的「根本正觀」，是基於般若智慧持「中道」，即既反對「實有」，也反對以空為實在的「空觀」；而反對「邊見」，主張「二種如來藏空智」，也正是《勝鬘經》的重要內容。但是在近現代佛學界對學系分類越來越細密，更多的人或主張將《勝鬘經》列入涅槃部，因為此經的「一乘」、「一諦」都指歸涅槃，或主張列入法華學系，因為它弘揚了《法華經》「一乘」理論。

近現代，佛學家專攻唯識、禪宗者居多，也兼講習《勝鬘經》。另外，佛學院、教團仍將此經作為僧伽學習的必修要典。現代教界著名佛學家印順法師就在教內講授過《勝鬘師子吼一乘大方便方廣經》，他將此經的意義概括為如下三個方面：

一、約人而言是平等義，本經主張三點平等：一是出家與在家的平等；二是男子與女人平等；三是老年與少年平等。

二、約法而言是究竟義，本經有三方面的究竟：一是如來的功德究竟，不論從哪方面看，唯如來常住功德多是究竟的。二是如來的境智究竟，境是佛證悟的諸法實相，智是佛證悟諸法實相的平等大慧，境與智在佛的無量功德中統攝，均超越二乘而圓滿究竟。三是如來的因依究竟，如來的因依便是如來藏即佛性，如來藏人人有故人人可成佛；從如來究竟的境智，推求此究竟境智的根源，便指出了如來究竟所依的如來藏；如來依如來藏之因，而成究竟如來之果，果已究竟故因亦究竟。

三、約人與法的相關而言是攝受義，此即攝受正法，就是接受佛法領受佛法，使佛法成為學佛者自己的佛法，達到自己與佛法合一的目的。⑪

印順法師從僧伽修習的需要對《勝鬘經》意義的歸納，是十分精賅便學的。

注釋：

❶劉宋·天竺三藏求那跋陀羅譯《勝鬘師子吼一乘大方便方廣經·如來眞子章》第十四。

❷同上經〈顚倒眞實章〉第十二。

❸唐三藏法師玄奘譯《解深密經·心意識相品》第三。

❹北魏·菩提流支譯《入楞伽經·佛性品》。

❺同上經〈剎那品〉。

❻隋・吉藏《大乘玄論》卷三。

❼引文分別見兩種譯文《勝鬘經・一諦章》第十。

❽梁啓超《中國佛教研究史》，上海三聯書店，一九八八年二月版三四八頁——三四九頁。

❾同註❹

❿方立天《佛教哲學》二〇四頁。

⓫印順法師《勝鬘師子吼一乘大方便方廣經講記・懸論》，摘引自聖嚴法師《印度佛教史》福建莆田廣化寺版，一七八頁——一七九頁。懸論，即緒論。

解說

與其他諸經相比較，《勝鬘經》頗具特色。它沒有《法華經》的妙喻、《般若經》的鮮活對話，也沒有《楞伽經》的那種宏論氣勢，但它卻令人展卷閱後感到靈魂貫攝、襟懷廓落而又親切自然。《勝鬘經》帶有中期大乘經典的特點，它雖然在形式上顯得平淡，卻具有很強的思辯成分。這部經書古奧、簡樸，與其所論述的如來藏理論體系十分和諧統一。許多佛經特別是早期的大小乘經往往是結集後再經加工編撰而成，免不了構思欠精、結構鬆散的弊端。而《勝鬘經》恰恰相反，其風格嚴謹獨特，可能系佛門大德中敢於創新者所創作之成果。即非如此，至少也應是一部以個人創作為基礎而編撰的經書。這也大概是它一傳入中國便廣為流傳的原因。

《勝鬘經》共十五章，經文主要以敍述為主，這是佛經寫作的通例。在經書中，作者根據佛門信衆的閱讀習慣，弘揚大乘精神，將演說此經義理的盛會氛圍描繪得異常多彩，這無疑是一種讓人感動的弘法精神。本來佛陀住世說法時，佛教尚處於原始時期，不可能產生如來藏理論體系，但作者身為大乘佛教精神的弘法者為提高這部經書的威望、並強調其教法的正法性，才如此設定全經內容。

在經文裏，勝鬘夫人所說的偈語，讀起來似乎無多少新意，且言辭大都是古經書中常見的。但細讀下去，我們會發現這些偈語中深藏著的大乘精神和智慧。無論是佛作授記也好、勝鬘夫人被預言將來成佛也好、或是其國人皆悉這一消息、快樂勝於他化自在天等等，其實都是經文內容在形式上的一種美好象徵。它啓發人們：研習佛經不僅僅是修身養性，更重要的是重視經文闡述的深刻哲理和導善倫理，並著力表達經文內容中蘊含的文化精神及其超越的智慧。閱讀《勝鬘經》，確應透過經中描述的那些神靈化的情景，去發現大乘精神向世間衆生展示的智慧，化導我們的人生。

《勝鬘經》共十五章，分爲六個部分。它所論述和強調的內容，也正是其惠溉後世僧俗、裨益現代文化的勝義。歸納起來，整部經主要是四個內容：攝受正法義、三乘入一乘義、如來藏義、二空智義，稱爲「四義」。這四義體現了大乘的一個重要精神：普度衆生，使人生達到至眞至善至美的境界。

攝受正法講的是奉行佛法的準則，應是攝救教化衆生，在這一過程中，又以三大願來鞏固對攝受正法的信念。這三大願一是講知其法，即具有理解和領悟攝受正法的智慧；二是傳其法，即將自己接受和掌握的正法無私地傳授給衆生；三是護其法，這是對眞理至善的追求。同時也就講述了攝受正法卓著出世快樂、普度衆生的無量功德。其內涵有如下四點：

第一，攝受正法是正法，是佛法的根本精神。

第二，攝受正法要求必須接受的是眞正的佛法。

第三，攝受正法必須對衆生施以眞正的佛法，使衆生奉行接受。它包括兩個含義：接受正法；施行正法，二者缺一不可。

第四，奉行攝受正法的方法（即六度）；度衆生達到涅槃彼岸的理想境界。

簡明扼要地講，攝受正法就是普度衆生之法、受普度衆生之法、施普度衆生之法。這是全心全意、毫不改變的。

其次是三乘入一乘義，講的是三乘必歸唯一大乘，正如第四章中講的「如是大乘少攝受正法，勝於一切二乘善根」。這三乘其實是菩薩、緣覺、聲聞。而奉行了大乘的攝受正法就可以涵蓋其他二乘。因爲大乘生出涵蓋出世間一切法，二乘自然屬於被生出之行。同時，二乘旨在求得自身的解脫和擺脫恐怖，即時時處處害怕自己有什麼不善，將來墮入惡道受苦的怖畏心理，因此不可能成就一切功德、獲究竟涅槃得究竟樂。唯有佛乘才能獲究竟涅槃。

另外，二乘之所以只能停滯在有餘境地的原因，是因爲斷不了無明住地，也就是斷不了最根本的煩惱。佛家將無明住地稱爲無始無明、根本無明、元品無明、最後品無明等。它是人徹底涅槃必須斷絕的最後煩惱，也是四種有愛的根本煩惱所生之源。換句話說就是，無明住地的斷否與能否證悟最高眞如理體有關，而有愛四住地的斷否只與情欲的滅否有關。二乘只能斷有愛四住地獲得有餘清淨解脫，只有佛乘（大乘）才能斷無明住地獲得徹底的一味等味之解脫，既能不依賴他力而得無礙法自在，又能度生死畏離生死苦。因此，三乘必入一乘，一乘才是唯一通達眞如成就如來法身、徹底覺悟涅槃成佛的道法，是唯一成佛之道。它本身就是佛乘，爲方便人們的理解才說成是大乘。

奉行一乘是有前提的，首先是要理解、了悟佛法，而不是愚昧無知；其次是要歸依如來，有獻身於普度衆生的理想。決不能只限於在理性上的了解或形式上的出家而不付諸於社會來踐行。其實也就是強調了不能只歸依僧衆、限於具戒出家，還要徹底奉行佛乘。

因此可以說，三乘入一乘，講的就是將一切善法都攝統於普度衆生的佛法，是對眞理至廣的追求。

三是針對如來藏演說聖諦，經文在第六章至第十一章作了論述。而聖諦義理則作爲如來藏論的構成部分，在經文中被分爲有作與無作四聖諦，即八聖諦說，將傳統的四諦說創新了一步。在經文中，有兩句話「若於無量煩惱藏所纏如來藏不疑惑者，於出無量煩惱藏法身亦無疑惑」是我們理解如來藏理論的關鍵。這兩句話有三層意思，其一：如來法身是被藏在煩惱之中的，是對「流轉」義的新解釋；其二：破出煩惱的藏纏即顯現出如來法身，這是對「還滅」義的新解釋；其三：只要了解如來含藏在煩惱中，就會明瞭眞如的獲得之道。那麼，在纏的法身中，怎樣才能出煩惱藏呢？經文中開始闡述前面所提到的二聖諦（即有作四聖諦、無作四聖諦）。「無作」與「有作」的根本區別在於奉行苦、集、滅、道能否實現徹底苦滅，即達到自性清淨，也就是出離破出了煩惱藏。

經文的第十章指出關係到永恆眞實之法的只有苦滅，並將苦滅稱爲「一諦」。凡夫、二乘之所以對此認識、領悟不了，原因就在於他們持的是偏見或顚倒見而非正見。經文在第十二章至十四章裏，還從被一般人容易誤解的生死說起，通過對生死的闡釋來論述心識現象與內心如來藏的關係。所謂生死，其實指的是內心的諸新受根起，諸舊受根壞，講述人的心理意識觀念精神是不斷發展變化的，有生有滅，往復循環。而如來藏所藏隱的眞如卻是不生不滅的，是自性清淨心。但爲什麼衆生既有自性清淨心，卻不能覺悟成佛以至墮入惡道飽受生死苦果呢？答案是因爲有客塵污染，而不是清淨心本性具有的煩惱污染了清淨心。要理解這一點，必須藉五種巧便觀作爲方法。

要完整地理解如來藏，可以這麼看：在衆生未成佛前，內心具有成佛的這種種因性便叫「如來藏」，屬於「因位」。成佛後就稱爲「如來法身」了，這屬於「果位」。如來藏全部內容講的是衆生能普度爾後成佛之因，這是對眞理至深的追求。

《勝鬘經》最後一章講的是二空智，它又是對「在纏中」的如來法身或眞如眞實的體性理解的關鍵。對二空智慧，可以如此理解，即「在纏中」的如來法身是自性清淨的，是遠離一切煩惱的，因而是空的；但它又具有佛的境界和佛的一切功德，所以又是不空的。此謂「二空智」。二空是從《華嚴經》的「眞空妙有」化過來的，它實際上指的是覺知苦諦的智慧，是對眞理智慧的追求。

以上四義都體現了大乘精神，使我們從經文的字裏行間中感受到大乘精神的寬宏誠摯。如果說佛教文化是一種複雜的文化現象，那麼大乘文化則是人類文化中極富特色、且對現代文化裨益最大的一種宗教文化現象。縱觀古今，任何一個佛教宗派都視其教法是正宗無上的，但唯有大乘日盛不衰，遠播四海，普遍受到近現代東西方思想的青睞，最重要的原因就是其精神和思想核心是利他、是普度衆生。大乘文化的各個方面都始終閃耀著這一無私博大的精神光輝。其義理及哲學方法都是圍繞著這一核心來加以闡釋論述的。因此，大乘所追求的摩訶境界標誌著貫徹這一核心主題的程度，也表明了進一步弘揚這一主題的態度。

再從大乘的意義來看，我們確實感受到了它的博大和寬闊。現代社會在經歷了世界性、世紀性的大震盪、大變易和大發展之後，仍然處於不停的變幻之中。社會的良知始終在堅持呼喚著眞正的至眞至善至美，而且不斷地擯棄自私、狹隘、妄見偏執等等影響社會進步的東西。越來越多的人都在苦悶、反思之餘，轉向各宗教和文化，以求找到參照寄託。這是近年來東西方社會宗教熱加劇的原因。人們都在探求同一個問題，即是非的界標是什麼？是利他還是利己？是普度衆生還是結黨營私？於是人們都會注意到大乘爲衆生捨身、命、財的犧牲精神和獅子吼的大無畏氣概。爲實現人類共同的理想，弘揚大乘應當也必將是世界人民的共識。

從四義精神分別對現代社會，對我們的社會生活、思想的啓示來看，也有著十分重要的作用。

攝受正法的義理精粹是把主體的自我完善，建立在對社會有所貢獻的踐行上。這既是行爲準則、教育準則、道德準則，也是一種價值觀體現。當然，拯救現代觀念的滑坡，並不是意味著放棄自我完善或實現自我，放棄的只是唯我。攝受正法義除了具有接受義外，還要求接受一切能爲衆生服務、教化的本領，做到盡善盡美，既自我完善又實現自我。經中特別強調了般若波羅蜜要爲衆生「演說一切論、一切工巧究竟明處，及至種種工巧諸事」。我們也發現了，歷代高僧大多是同時代傑出的藝術家、科學家、工藝家、思想家。就是現代佛學院，也總是將社會實務科技列入修習功課中，以便佛子們在普度衆生大業中更好地實現自我。正如經中所說「究竟涅槃、無作唯一滅諦、一味等味解脫」，徹底揚棄唯私行爲，達到最高理想境界。因此，攝受正法作爲社會倫理和人生哲理的精義，它已遠遠超越了宗教本身。

再看三乘入一乘義，同樣具有超越自身宗教形式而滋養一切良知文化的能動性。

它不是狹義地強調阿羅漢、辟支佛、菩薩三乘皆入大乘（佛乘），而是講世間一切善法皆爲佛法。這一點在佛教文化的內部是一種進步的文化現象。

衆所周知，歷史上，佛教內部曾存在著宗派之間觀點意見互不相容的現象。但至大乘時，對這種現象進行了反思，並最終以佛的博大胸懷，一反大乘初期與小乘的對立情緒，樹立起了含攝一切良知文化的範疇。這樣一種寬容的文化模式，在世界人類文化中不單純是一種文化外在形式，更主要的是創立了一種理性精神的顯現方式、社會良知的承載方式及社會踐行的行爲方式。我們觀察現代五光十色的文化模式，就會發現沒有任何一種進步的文化是狹隘自私的。因爲這種自我封閉的行爲和觀念都是與一己、一幫、一黨、一族、一國、一域之私相關聯。反之，一切有利於全世界人類和平幸福的文化都與上述的私欲水火不容，大乘的意義正是如此。

經文還更進一步強調，破除一切文化、學說中障礙的關鍵在於要眞正領悟「爲一切衆生故」的大乘精神。如果把如來佛智覺知的眞如還原爲社會倫理來講，說的還是普度衆生。經文中所云「無限大悲，無限寬慰世間，作是說者，是名善說如來」也是這個意思。現代東西方文化中最閃光的內容也都充滿著利益一切衆生的崇高理想。

如來藏理論中的智慧思想則對西方文化產生了一種補偏和救佑的作用。早在本世紀三十年代，熊十力先生就說過這樣一段話：「佛家哲學，以今哲學上術語言之，不妨說爲心理主義。所謂心理主義者，非謂是心理學，乃謂其哲學從心理學出發故。今案其說，在宇宙論方面，則攝物歸心，所謂『三界唯心，萬法唯識』是也。然心物互爲緣生，剎那剎那，新新數起，都不暫住，都無定實。在人生論方面，則於染淨，察識分明。而以此心捨染得淨，轉識成智，離苦得樂，爲人生最高蘄向。在本體論方面，則即心是涅槃。在認識論方面，則由解析而歸趣證會，初假尋思，而終於心行路絕。其所以然者，則於自心起執，由慧解析，知其無實，漸入觀行，冥契眞理，即超過尋思與知解境地，所謂證會而已。吾以爲言哲學者，果欲離戲論而得眞理，則佛家在認識論上，盡有特別貢獻，應當用心參學。今西洋哲學，理智與反理智二派，互不相容，而佛學則可一爐而冶。」[1]這一段十分精闢的論斷至今仍不失其意義，它在方法論上更是爲現代西方學術發展的良性趨向提示了極爲誘人的前景。

如來藏義理便集中體現了佛學方法論的這一優勢，也就是心理主義（在現代方法論上稱爲心理學方法），它是理性與非理性的統一。心理主義作爲現代西方學術的主潮之一，從實驗心理學、分析心理學，到精神分析心理學、格式塔（Gestalt）心理學，再到人本心理學、文化心理學，都表明心理主義作爲一種方法的普遍適應性越來越強。在中國大陸現代學術中，文化心理學方法是伴隨哲學主體論的議論熱潮而來的，儘管各家各派主體論的基本理論立場大相徑庭，但似乎很少有人認爲，文化心理分析方法和主體論熱不是目前大陸社會科學界產生的重要現象。

現代西方學術在它開始發展時就刻意破壞德國古典哲學體系和理性的桎梏，紛紛走向非理性，以致於難以自拔。而心理主義型學術也不例外，它面臨著許許多多的問題。日本的鈴木大拙、阿部正雄學派洞悉西方文化哲學的危機，毅然用東方佛家的禪學來包容和救助西方文化哲學。這種做法，已受到了東西方哲人們的普遍關注。

但用禪學救助西學應該說略嫌狹隘了些，而大乘如來藏阿賴耶識的理論對於裨輔校助西學卻十分有益。因爲禪學理論的本體論仍是自性清淨、心性眞如，不出如來藏阿賴耶識範疇。禪宗頓悟所依據的「即心即性」義理也還是源於心性淨染論的。其實，阿部正雄的禪學已不注重頓悟了，而直接劃出了純禪學的範疇❷。

如果說如來藏理論對於現代西學的輔助是間接的話，那麼二空智義對於西學的校補則更爲切實。西方的現代哲學普遍對抗歷史文明和傳統形而上義理，爭相追求否定性範疇。影響最大的如尼采（Friedrich Wilhlm Nietzsche 公元一八四四——一九〇〇年）對非存在的追求、海德格爾（Marfin Heidergger 公元一八八九——一九七六年）對無的執著。以海德格爾爲代表的存在主義哲學（Existenz-phwsoplie）在否定傳統古典本體論中建立了以無爲基礎的本體。

海德格爾認爲傳統古典哲學把本體的範疇諸如理念、物質、上帝、絕對理念等等作爲根本的對象、存在來把握。但現代西方諸科學卻在各自的領域裏把這一切都否定了，即把諸如此類的存在變成了虛無。不過，西方哲人對形而上的執著還需要一種本體。於是海德格爾提出了「即無（Nionti）」。在這裏，「無」是對一切存在者的否定，是根本的不在者❸。「無」不等於虛無（Neanot），因爲作爲與所謂「本質」性的本體相對立的現象而存在的具體的人和文化，畢竟是有意義的，但是「無」又不等於有，這是由於作爲存在的對象都被科學必然否定。這樣一來，如此之「無」便超脫了知性、科學、理智的對象範疇，只能通過主體的現象性體驗或經驗來證明「無」的存在。我們由此看出，海德格爾的「無」論與本經的二空智在形式上是極其相似的，當然二者之間有著本質的區別。

二空義之空，不等於虛無或虛空，也不等於根本不存在或一無所有。二空義不否定一切有，而肯定其妙有，所謂眞空即妙有。海德格爾不相信衆生能以理智認知無的義蘊，提倡人們用經驗和體驗等諸如此類非理性來驗證它。然而二空義卻引導衆生運用智慧（理智與非理智融於一爐而冶的智慧）去知解領悟（即覺知）眞如之眞空、本無。如果西方存在主義者早一些應用東方佛學思想來惠澤、校正自己的理論體系，也許不會陷入今天這樣有些窮途末路、岌岌可危的境地，也不會那麼深地陷入「荒誕」、飽嘗「孤獨」、「噁心」及「焦慮」、「畏怯」❹的煩惱。

雖然歷史的發展由於不存在我們善意的假設而有些遺憾，但所幸的是，越來越多的人已經開始認識到了東方文化對於人類文化的拯救作用。東西方文化只有相融滙、互補充，才能給人類文化帶來一個美好的前景，更好地幫助我們認識自身、認識世界。這也應當是《勝鬘經》所開示、啓迪我們的一個重要內容吧。

注釋：

❶熊十力《佛家名相通釋》，中國大百科全書出版社，一九八五年七月版六頁——七頁。

❷參見（日本）阿部正雄《禪與西方思想》。

❸《西方現代資產階級哲學論著選輯》商務印書館，一九六四年版三四六頁。

❹「孤獨」、「噁心」、「焦慮」、「畏性」是存在主義歸納的作爲荒誕的人而存世的基本體驗。

參考書目

1 《大法鼓經》
2 《涅槃經》
3 《如來藏經》
4 《妙法蓮華經》
5 《華嚴經》
6 《大乘起信論》
7 《佛性論》　世親
8 《勝鬘經義記》　慧遠
9 《勝鬘經寶窟》　吉藏
10 《大乘玄論》　吉藏
11 《勝鬘經述記》　窺基
12 《勝鬘經義疏私鈔》　明空
13 《中國佛教研究史》　梁啓超
14 《究竟一乘寶性論》　堅慧

15《印度佛學源流略講》 呂澂
16《中國佛教史》 任繼愈主編
17《佛教哲學》 方立天
18《勝鬘師子吼一乘大方便方廣經講記》 印順
19《印度佛教史》 聖嚴
20《中國佛性論》 賴永海
21《中國佛教》(三、四) 中國佛教協會編

外文叢書 CATALOG OF ENGLISH BOOKS			
BUDDHIST SCRIPTURE		**AUTHER**	**PRICE**
A001	VERSES OF THE BUDDHA'S TEACHINGS（法句經）	VEN. KHANTIPALO THERA	NT$150
A002	A GARLAND FOR THE FOOL（英譯百喻經）– THE SCRIPTURE OF ONE HUNDRED PARABLES	LI RONGXI	NT$180
SERIES OF VENERABLE MASTER HSING YUN'S LITERARY WORKS		**AUTHER**	**PRICE**
M101	HSING YUN'S CH'AN TALK (1)（星雲禪話1）	VEN. MASTER HSING YUN	NT$180
M102	HSING YUN'S CH'AN TALK (2)（星雲禪話2）	VEN. MASTER HSING YUN	NT$180
M103	HSING YUN'S CH'AN TALK (3)（星雲禪話3）	VEN. MASTER HSING YUN	NT$180
M104	HSING YUN'S CH'AN TALK (4)（星雲禪話4）	VEN. MASTER HSING YUN	NT$180
M105	HANDING DOWN THE LIGHT（傳燈）	FU CHI-YING	NT$360 (US$14.95)
M106	CON SUMO GUSTO（心甘情願西班牙文版）	VEN. MASTER HSING YUN	NT$100

8805	僧伽的光輝（漫畫）	黃耀傑等繪	150
8806	南海觀音大士（漫畫）	許貿淞 繪	300
8807	玉琳國師（漫畫）	劉素珍等繪	200
8808	七譬喻（漫畫）	黃麗娟 繪	180
8809	鳩摩羅什（漫畫）	黃耀傑等繪	160
8811	金山活佛（漫畫）	黃壽忠 繪	270
8812	隱形佛（漫畫）	郭幸鳳 繪	180
8813	漫畫心經	蔡志忠 繪	140
8814	畫說十大弟子（上）（漫畫）	郭豪允 繪	270
8815	畫說十大弟子（下）（漫畫）	郭豪允 繪	270
8900	槃達龍王（漫畫）	黃耀傑等繪	120
8901	富人與鼈（漫畫）	鄧博文等繪	120
8902	金盤（漫畫）	張乃元等繪	120
8903	捨身的兔子（漫畫）	洪義男 繪	120
8904	彌蘭遊記（漫畫）	蘇晉儀 繪	80
8905	不愛江山的國王（漫畫）	蘇晉儀 繪	80
8906	鬼子母（漫畫）	余明苑 繪	120
	工具叢書	**著者**	**定價**
9000	雜阿含經・全四冊 （精）	佛光山 編 （恕不退貨）	2000
9016	阿含藏・全套附索引共17冊 （精）	佛光山 編 （恕不退貨）	8000
9067	禪藏・全套附索引共51冊 （精）	佛光山 編 （恕不退貨）	36,000
9109	般若藏・全套附索引共42冊 （精）	佛光山 編 （恕不退貨）	30,000
9110	淨土藏・全套附索引共33冊 （精）	佛光山 編 （恕不退貨）	25,000
9201B	佛光大辭典 （精）	佛光山 編 （恕不退貨）	6000
9300	佛教史年表	佛光文化編	450
9501	世界佛教青年會1985年學術會議實錄	佛光山 編	400
9502	世界顯密佛學會議實錄	佛光山 編 中、英文版	500
9503	世界佛教徒友誼會第十六屆大會 佛光山美國西來寺落成典禮暨傳戒法會紀念特刊	佛光山 編 英文版	500
9504	世界佛教徒友誼會第十六屆大會 暨世界佛教青年友誼會第七屆大會實錄	佛光山 編	紀念藏
9505	佛光山1989年國際禪學會議實錄	佛光山 編	紀念藏
9506	佛光山1990年佛教學術會議實錄	佛光山 編	紀念藏
9507	佛光山1990年國際佛教學術會議論文集	佛光山 編	紀念藏
9508	佛光山1991年國際佛教學術會議論文集	佛光山 編	紀念藏
9509	世界佛教徒友誼會第十八屆大會 世界佛教青年友誼會第九屆大會 會議實錄	佛光山 編	紀念藏
9511	世界傑出婦女會議特刊	佛光山 編	紀念藏
9600	跨世紀的悲欣歲月 走過台灣佛教五十年寫眞（精）		1500
9700	抄經本	佛光山 編	100
9701	般若波羅蜜多心經抄經本	潘慶忠 書	100
9702	佛說阿彌陀經抄經本	戴 德 書	100
9703	妙法蓮華經觀世音菩薩普門品抄經本	戴 德 書	100
9704	八大人覺經抄經本	鄭公勛 書	100

9705	金剛經抄經本	鄭公勛 書	100
	法器文物	**著者**	**定價**
0900	陀羅尼經被（單）	佛光文化製	1000
0901	陀羅尼經被（雙）（有襯底）	佛光文化製	2000
0950	佛光山風景明信片（一套）	佛光文化製	60

8011	佛教說話文學全集（一）	劉欣如改寫	150
8012	佛教說話文學全集（二）	劉欣如改寫	150
8014	佛教說話文學全集（四）	劉欣如改寫	150
8015	佛教說話文學全集（五）	劉欣如改寫	150
8017	佛教說話文學全集（七）	劉欣如改寫	150
8018	佛教說話文學全集（八）	劉欣如改寫	150
8019	佛教說話文學全集（九）	劉欣如改寫	150
8020	佛教說話文學全集（十）	劉欣如改寫	150
8021	佛教說話文學全集（十一）	劉欣如改寫	150
8022	人生禪（三）	方 杞 著	140
8023	人生禪（四）	方 杞 著	140
8024	紅樓夢與禪	圓 香 著	150
8025	回歸佛陀的時代	張培耕 著	100
8026	佛蹤萬里紀遊	張培耕 著	100
8028	一鉢山水綠	釋宏意 著	120
8029	人生禪（五）	方 杞 著	140
8030	人生禪（六）	方 杞 著	140
8031	人生禪（七）	方 杞 著	140
8032	人生禪（八）	方 杞 著	140
8033	人生禪（九）	方 杞 著	140
8034	人生禪（十）	方 杞 著	140
8035	擦亮心燈— 武俠影后鄭佩佩的學佛路	鄭佩佩 著	180
8036	豐富小宇宙	王靜蓉 著	170
8037	與心對話	釋依昱 著	180
8100	僧伽 （佛教散文選第一集）	簡 媜等著	120
8101	情緣 （佛教散文選第二集）	琦 君等著	120
8102	半是青山半白雲（佛教散文選第三集）	林清玄等著	150
8103	宗月大師 （佛教散文選第四集）	老 舍等著	120
8104	大佛的沉思 （佛教散文選第五集）	許墨林等著	140
8200	悟 （佛教小說選第一集）	孟 瑤等著	120
8201	不同的愛 （佛教小說選第二集）	星雲大師等著	120
8204	蟠龍山 （小說）	康 白 著	120
8205	緣起緣滅 （小說）	康 白 著	150
8207	命命鳥 （佛教小說選第五集）	許地山等著	140
8208	天寶寺傳奇 （佛教小說選第六集）	姜天民等著	140
8209	地獄之門 （佛教小說選第七集）	陳望塵等著	140
8210	黃花無語 （佛教小說選第八集）	程乃珊等著	140
8211	華雲奇緣〈新心武俠1〉（小說）	李芳益 著	220
8215	幸福的光環 （小說）	沈 玲 著	220
8220	心靈的畫師 （小說）	陳慧劍 著	100
8300	佛教聖歌集	佛光文化編	300

8301	童韻心聲	高惠美等編	120
8302	無向寧靜的心河出航	夐 虹 著	160
8303	利器之輪— 修心法要	法護大師著 釋永楷、釋滿華譯	160
8350	絲路上的梵歌	梁丹丰 著	170
8500	禪話禪畫	星雲大師著 高爾泰、蒲小雨繪	750
8550	諦聽 （筆記書1）	王靜蓉等著	160
8551	感動的世界（筆記書2）—星雲大師的生活智慧	佛光文化編	180
8552	慈悲的智慧（筆記書3）—星雲大師的生命風華	佛光文化編	180
8553	生活禪心（筆記書4）—星雲大師的處世錦囊	佛光文化編	180
	童話漫畫叢書	**著者**	**定價**
8601	童話書（第一輯）（共五本）（精）	釋宗融 編	700
8602	童話書（第二輯）（共五本）（精）	釋宗融 編	850
8612	童話書（第二輯）（共五本）（精）	釋心寂 編	350
8621-01	窮人逃債・阿凡和黃鼠狼（精）	潘人木・周慧珠改寫 林鴻堯繪	220
8621-02	半個銅錢・水中撈月（精）	洪志明改寫 洪義男繪	220
8621-03	王大寶買東西・不簡單先生（精）	管家琪改寫 龔雲鵬繪	220
8621-04	睡半張床的人・陶器師傅（精）	洪志明改寫 林傳宗繪	220
8621-05	多多的羊・只要蓋三樓（精）	黃淑萍改寫 巫筱芳繪	220
8621-06	甘蔗汁澆甘蔗・好味道變苦味道（精）	謝武彰改寫 王金選繪	220
8621-07	兩兄弟・大呆吹牛（精）	管家琪改寫 陳維霖繪	220
8621-08	遇鬼記・好吃的梨（精）	洪志明改寫 官月淑繪	220
8621-09	阿威和強盜・花鴿子與灰鴿子（精）	黃淑萍改寫 孫淑萍繪	220
8621-10	誰是大笨蛋・小猴子認爸爸（精）	方素珍改寫 鍾偉明繪	220
8621-11	偷牛的人・猴子扔豆子（精）	林 良改寫 曹俊彥繪	220
8621-12	只要吃半個・小黃狗種饅頭（精）	方素珍改寫 黃淑英繪	220
8621-13	大西瓜・阿土伯種麥（精）	陳木城改寫 洪義男繪	220
8621-14	半夜鬼推鬼・小白和小烏龜（精）	謝武彰改寫 劉伯樂繪	220
8621-15	蔡寶不洗澡・阿土和駱駝（精）	王金選改寫 王福鈞繪	220
8621-16	看門的人・砍樹摘果子（精）	潘人木改寫 趙國宗繪	220
8621-17	愚人擠驢奶・顛三和倒四（精）	馬景賢改寫 仉桂芳繪	220
8621-18	分大餅・最寶貴的東西（精）	杜榮琛改寫 董晶玲繪	220
8621-19	黑馬變白馬・銀鉢在哪裡（精）	釋慧慶等改寫 李瑾倫等繪	220
8621-20	樂昏了頭・沒腦袋的阿福（精）	周慧珠改寫 林鴻堯繪	220
8700	新編佛教童話集（一）～（七）（一套）	摩 迦等著	600
8702	佛教故事大全（上）（精）	釋慈莊等著	250
8703	化生王子（童話）	釋宗融 著	150
8704	佛教故事大全（下）（精）	釋慈莊等著	250
8800	佛陀的一生（漫畫）	TAKAHASHI著 釋慧熙譯	120
8801	大願地藏王菩薩畫傳（漫畫）	許貿淞 繪	300
8803	極樂與地獄（漫畫）	釋心寂 繪	180
8804	王舍城的故事（漫畫）	釋心寂 繪	250

5600	一句偈（一）	星雲大師等著	150
5601	一句偈（二）	鄭石岩等著	150
5602	善女人	宋雅姿等著	150
5603	善男子	傅偉勳等著	150
5604	生活無處不是禪	鄭石岩等著	150
5605	佛教藝術的傳人	陳清香等著	160
5606	與永恆對唱— 細說當代傳奇人物	釋永芸等著	160
5607	疼惜阮青春— 琉璃人生①	王靜蓉等著	150
5608	三十三天天外天— 琉璃人生②	林清玄等著	150
5609	平常歲月平常心— 琉璃人生③	薇薇夫人等著	150
5610	九霄雲外有神仙— 琉璃人生④	夏元瑜等著	150
5611	生命的活水（一）	陳履安等著	160
5612	生命的活水（二）	高希均等著	160
5613	心行處滅— 禪宗的心靈治療個案	黃文翔 著	150
5614	水晶的光芒（上）	王靜蓉・葛婉章・仲南萍等著	200
5615	水晶的光芒（下）	梁寒衣・宋芳綺・潘煊 等著	200
5616	全新的一天	廖輝英・柏楊等著	150
5700	譬喻	釋性瀅 著	120
5701	星雲說偈（一）	星雲大師 著	150
5702	星雲說偈（二）	星雲大師 著	150
5707	經論指南— 藏經序文選譯	圓 香等著	200
5800	1976年佛學研究論文集	東初長老等著	350
5801	1977年佛學研究論文集	楊白衣等著	350
5802	1978年佛學研究論文集	印順長老等著	350
5803	1979年佛學研究論文集	霍韜晦等著	350
5804	1980年佛學研究論文集	張曼濤等著	350
5805	1981年佛學研究論文集	程兆熊等著	350
5806	1991年佛學研究論文集	鎌田茂雄等著	350
5807	1992年佛學研究論文集— 中國歷史上的佛教問題		400
5808	1993年佛學研究論文集— 佛教未來前途之開展		350
5809	1994年佛學研究論文集— 佛與花		400
5810	1995年佛學研究論文集— 佛教現代化		400
5811	1996年佛學研究論文集(一)：當代台灣的社會與宗教		350
5812	1996年佛學研究論文集(二)：當代宗教理論的省思		350
5813	1996年佛學研究論文集(三)：當代宗教的發展趨勢		350
5814	1996年佛學研究論文集(四)：佛教思想的當代詮釋		350
5815	1997年佛學研究論文集 BUDDHISM ACROSS BOUNDARIES		排印中
5816	1998年佛學研究論文集— 佛教音樂		350
5900	佛教歷史百問	業露華 著	180
5901	佛教文化百問	何 雲 著	180
5902	佛教藝術百問	丁明夷等著	180

5904	佛教典籍百問	方廣錩 著	180
5905	佛教密宗百問	李冀誠等著	180
5906	佛教氣功百問	陳 兵 著	180
5907	佛教禪宗百問	潘桂明 著	180
5908	道教氣功百問	陳 兵 著	180
5909	道教知識百問	盧國龍 著	180
5911	禪詩今譯百首	王志遠等著	180
5912	印度宗教哲學百問	姚衛群 著	180
5913	基督教知識百問	樂 峰等著	180
5914	伊斯蘭教歷史百問	沙秋眞等著	180
5915	伊斯蘭教文化百問	馮今源等著	180
	儀制叢書	**著者**	**定價**
6000	宗教法規十講	吳堯峰 著	400
6001	梵唄課誦本	佛光文化編	50
6500	中國佛教與社會福利事業	道端良秀著 關世謙譯	100
6700	無聲息的歌唱	星雲大師著	100
	用世叢書	**著者**	**定價**
7501	佛光山靈異錄（一）	釋依空等著	100
7502	怎樣做個佛光人	星雲大師講	50
7505	佛光山開山二十週年紀念特刊	佛光山 編	(精) 紀念藏
7510	佛光山開山三十週年紀念特刊	佛光山 編	(精) 紀念藏
7511	一九九八年印度菩提伽耶國三壇大戒戒會特刊		紀念藏
7512	佛光山開山三十一週年年鑑	佛光山 編	6000
7700	念佛四大要訣	戀西大師著	80
7800	跨越生命的藩籬— 佛教生死學	吳東權等著	150
7801	禪的智慧VS現代管理	蕭武桐 著	150
7802	遠颺的梵唱— 佛教在亞細亞	鄭振煌等著	160
7803	如何解脫人生病苦— 佛教養生學	胡秀卿 著	150
7804	人生雙贏的磐石	蕭武桐 著	200
	藝文叢書	**著者**	**定價**
8000	覷紅塵	方 杞 著	120
8001	以水爲鑑	張培耕 著	100
8002	萬壽日記	釋慈怡 著	80
8003	敬告佛子書	釋慈嘉 著	150
8004	善財五十三參	鄭秀雄 著	180
8005	第一聲蟬嘶	忻 愉 著	100
8006	聖僧與賢王對答錄	釋依淳 著	250
8007	禪的修行生活— 雲水日記	佐藤義英著 周淨儀譯	180
8008	生活的廟宇	王靜蓉 著	120
8009	人生禪（一）	方 杞 著	140
8010	人生禪（二）	方 杞 著	140

3615	湛然大師傳（中國佛教高僧全集44）	姜光斗 著	250	5207	星雲日記（七）— 找出內心平衡點	星雲大師 著	150
3636	道信大師傳（中國佛教高僧全集45）	劉 燕 著	250	5208	星雲日記（八）— 慈悲不是定點	星雲大師 著	150
3700	日本禪僧涅槃記（上）	曾普信 著	150	5209	星雲日記（九）— 觀心自在	星雲大師 著	150
3701	日本禪僧涅槃記（下）	曾普信 著	150	5210	星雲日記（十）— 勤耕心田	星雲大師 著	150
3702	仙崖禪師軼事	石村善右著 周淨儀譯	100	5211	星雲日記（十一）— 菩薩情懷	星雲大師 著	150
3900	印度佛教史概說	佐佐木教悟等著 釋達和譯	200	5212	星雲日記（十二）— 處處無家處處家	星雲大師 著	150
3901	韓國佛教史	愛宕顯昌著 轉瑜譯	100	5213	星雲日記（十三）— 法無定法	星雲大師 著	150
3902	印度教與佛教史綱（一）	查爾斯・埃利奧特著 李榮熙譯	300	5214	星雲日記（十四）— 說忙說閒	星雲大師 著	150
3903	印度教與佛教史綱（二）	查爾斯・埃利奧特著 李榮熙譯	300	5215	星雲日記（十五）— 緣滿人間	星雲大師 著	150
3905	大史（上）	摩訶那摩等著 韓廷傑譯	350	5216	星雲日記（十六）— 禪的妙用	星雲大師 著	150
3906	大史（下）	摩訶那摩等著 韓廷傑譯	350	5217	星雲日記（十七）— 不二法門	星雲大師 著	150
	教理叢書	**著者**	**定價**	5218	星雲日記（十八）— 把心找回來	星雲大師 著	150
4002	中國佛教哲學名相選釋	吳汝鈞 著	140	5219	星雲日記（十九）— 談心接心	星雲大師 著	150
4003	法相	釋慈莊 著	250	5220	星雲日記（二十）— 談空說有	星雲大師 著	150
4200	佛教中觀哲學	梶山雄一著 吳汝鈞譯	140	5221S	星雲日記（二一）～（四四）（一套）	星雲大師 著	3600
4201	大乘起信論講記	方 倫 著	140	5400	覺世論叢	星雲大師著	100
4202	觀心・開心— 大乘百法明門論解說1	釋依昱 著	220	5401	寶藏瓔珞	林伯謙 著	250
4203	知心・明心— 大乘百法明門論解說2	釋依昱 著	200	5402	雲南大理佛教論文集	藍吉富等著	350
4205	空入門	梶山雄一著 釋依馨譯	170	5403	湯用彤全集（一）	湯用彤 著	排印中
4302	唯識思想要義	徐典正 著	140	5404	湯用彤全集（二）	湯用彤 著	排印中
4700	眞智慧之門	侯秋東 著	140	5405	湯用彤全集（三）	湯用彤 著	排印中
	文選叢書	**著者**	**定價**	5406	湯用彤全集（四）	湯用彤 著	排印中
5001	星雲大師講演集（一）（精）	星雲大師 著	300	5407	湯用彤全集（五）	湯用彤 著	排印中
5004	星雲大師講演集（四）（精）	星雲大師 著	300	5408	湯用彤全集（六）	湯用彤 著	排印中
5101B	石頭路滑 星雲禪話（一）	星雲大師 著	200	5409	湯用彤全集（七）	湯用彤 著	排印中
5102B	沒時間老 星雲禪話（二）	星雲大師 著	200	5410	湯用彤全集（八）	湯用彤 著	排印中
5103	星雲禪話（三）	星雲大師 著	150	5411	我看美國人	釋慈容 著	250
5103B	活得快樂 星雲禪話（三）	星雲大師 著	200	5412	火燄化紅蓮— 大悲觀世音	釋依瑞 著	200
5104	星雲禪話（四）	星雲大師 著	150	5503	本生經的起源及其開展	釋依淳 著	200
5104B	大機大用 星雲禪話（四）	星雲大師 著	200	5504	六波羅蜜的研究	釋依日 著	180
5107B	圓滿人生 星雲法語（一）	星雲大師 著	200	5505	禪宗無門關重要公案之研究	楊新瑛 著	150
5108B	成功人生 星雲法語（二）	星雲大師 著	200	5506	原始佛教四諦思想	聶秀藻 著	120
5113	心甘情願— 星雲百語（一）	星雲大師 著	100	5507	般若與玄學	楊俊誠 著	150
5114	皆大歡喜— 星雲百語（二）	星雲大師 著	100	5508	大乘佛教倫理思想研究	李明芳 著	120
5115	老二哲學— 星雲百語（三）	星雲大師 著	100	5509	印度佛教蓮花紋飾之探討	郭乃彰 著	120
5201	星雲日記（一）— 安然自在	星雲大師 著	150	5511	佛教文學對中國小說的影響	釋永祥 著	120
5202	星雲日記（二）— 創造全面的人生	星雲大師 著	150	5512	佛教的女性觀	釋永明 著	120
5203	星雲日記（三）— 不負西來意	星雲大師 著	150	5513	盛唐詩與禪	姚儀敏 著	150
5204	星雲日記（四）— 凡事超然	星雲大師 著	150	5514	禪宗思想的形成與發展	洪修平 著	350
5205	星雲日記（五）— 人忙心不忙	星雲大師 著	150	5515	晚唐臨濟宗思想評述	杜寒風 著	220
5206	星雲日記（六）— 不請之友	星雲大師 著	150	5516	毫端舍利— 弘一法師出家前後書法風格之比較	李璧苑 著	250

2201	佛與般若之眞義	圓 香 著	120	3602	法顯大師傳 (中國佛教高僧全集3)	陳白夜 著	250
2300	天台思想入門	鎌田茂雄著 轉瑜譯	120	3603	惠能大師傳 (中國佛教高僧全集4)	陳南燕 著	250
2301	宋初天台佛學窺豹	王志遠 著	150	3604	蓮池大師傳 (中國佛教高僧全集5)	項冰如 著	250
2401	談心說識	釋依昱 著	160	3605	鑑眞大師傳 (中國佛教高僧全集6)	傅 傑 著	250
2500	淨土十要（上）	蕅益大師 選	180	3606	曼殊大師傳 (中國佛教高僧全集7)	陳 星 著	250
2501	淨土十要（下）	蕅益大師 選	180	3607	寒山大師傳 (中國佛教高僧全集8)	薛家柱 著	250
2700	頓悟的人生	釋依空 著	150	3608	佛圖澄大師傳 (中國佛教高僧全集9)	葉 斌 著	250
2701	盛唐禪宗文化與詩佛王維	傅紹良 著	250	3609	智者大師傳 (中國佛教高僧全集10)	王仲堯 著	250
2800	現代西藏佛教	鄭金德 著	300	3610	寄禪大師傳 (中國佛教高僧全集11)	周維強 著	250
2801	藏學零墨	王 堯 著	150	3611	憨山大師傳 (中國佛教高僧全集12)	項 東 著	250
2803	西藏文史考信集	王 堯 著	240	3657	懷海大師傳 (中國佛教高僧全集13)	華鳳蘭 著	250
2805	西藏佛教之寶	許明銀 著	280	3661	法藏大師傳 (中國佛教高僧全集14)	王仲堯 著	250
	史傳叢書	**著者**	**定價**	3632	僧肇大師傳 (中國佛教高僧全集15)	張 強 著	250
3000	中國佛學史論	褚柏思 著	150	3617	慧遠大師傳 (中國佛教高僧全集16)	傅紹良 著	250
3001	唐代佛教— 王法與佛法	外因斯坦著 釋依法譯	300	3679	道安大師傳 (中國佛教高僧全集17)	龔 雋 著	250
3002	中國佛教通史 第一冊	鎌田茂雄著 關世謙譯	250	3669	紫柏大師傳 (中國佛教高僧全集18)	張國紅 著	250
3003	中國佛教通史 第二冊	鎌田茂雄著 關世謙譯	250	3656	圜悟克勤大師傳 (中國佛教高僧全集19)	吳言生 著	250
3004	中國佛教通史 第三冊	鎌田茂雄著 關世謙譯	250	3676	安世高大師傳 (中國佛教高僧全集20)	趙福蓮 著	250
3005	中國佛教通史 第四冊	鎌田茂雄著 佛光文化譯	250	3681	義淨大師傳 (中國佛教高僧全集21)	王亞榮 著	250
3100	中國禪宗史話	褚柏思 著	120	3684	眞諦大師傳 (中國佛教高僧全集22)	李利安 著	250
3200	釋迦牟尼佛傳	星雲大師 著	180	3680	道生大師傳 (中國佛教高僧全集23)	楊維中 著	250
3201	十大弟子傳	星雲大師 著	150	3693	弘一大師傳 (中國佛教高僧全集24)	陳 星 著	250
3300	中國禪	鎌田茂雄著 關世謙譯	150	3671	讀體見月大師傳 (中國佛教高僧全集25)	溫金玉 著	250
3301	中國禪祖師傳（上）	曾普信 著	150	3672	僧祐大師傳 (中國佛教高僧全集26)	章義和 著	250
3302	中國禪祖師傳（下）	曾普信 著	150	3648	雲門大師傳 (中國佛教高僧全集27)	李安綱 著	250
3303	天台大師	宮崎忠尙著 周淨儀譯	130	3633	達摩大師傳 (中國佛教高僧全集28)	程世和 著	250
3304	十大名僧	洪修平等著	150	3667	懷素大師傳 (中國佛教高僧全集29)	劉明立 著	250
3305	人間佛教的星雲— 星雲大師行誼（一）	佛光文化編	150	3688	世親大師傳 (中國佛教高僧全集30)	李安利 著	250
3400	玉琳國師	星雲大師 著	130	3625	印光大師傳 (中國佛教高僧全集31)	李向平 著	250
3401	緇門崇行錄	蓮池大師 著	120	3634	慧可大師傳 (中國佛教高僧全集32)	李修松 著	250
3402	佛門佳話	月基法師 著	150	3646	臨濟大師傳 (中國佛教高僧全集33)	吳言生 著	250
3403	佛門異記（一）	煮雲法師 著	180	3666	道宣大師傳 (中國佛教高僧全集34)	王亞榮 著	250
3404	佛門異記（二）	煮雲法師 著	180	3643	趙州從諗大師傳 (中國佛教高僧全集35)	陳白夜 著	250
3405	佛門異記（三）	煮雲法師 著	180	3662	清涼澄觀大師傳 (中國佛教高僧全集36)	李恕豪 著	250
3406	金山活佛	煮雲法師 著	130	3678	佛陀耶舍大師傳 (中國佛教高僧全集37)	張新科 著	250
3408	弘一大師與文化名流	陳 星 著	150	3690	馬鳴大師傳 (中國佛教高僧全集38)	侯傳文 著	250
3500	皇帝與和尙	煮雲法師 著	130	3640	馬祖道一大師傳 (中國佛教高僧全集39)	李 浩 著	250
3501	人間情味— 豐子愷傳	陳 星 著	180	3663	圭峰宗密大師傳 (中國佛教高僧全集40)	徐湘靈 著	250
3502	豐子愷的藝術世界	陳 星 著	160	3620	曇鸞大師傳 (中國佛教高僧全集41)	傅紹良 著	250
3600	玄奘大師傳 (中國佛教高僧全集1)	圓 香 著	350	3642	石頭希遷大師傳 (中國佛教高僧全集42)	劉眞倫 著	250
3601	鳩摩羅什大師傳 (中國佛教高僧全集2)	宣建人 著	250	3658	來果大師傳 (中國佛教高僧全集43)	姚 華 著	250

1178	楞嚴經	李富華釋譯	200
1179	金剛頂經	夏金華釋譯	200
1180	大佛頂首楞嚴經	圓　香　著	不零售
1181	成實論	陸玉林釋譯	200
1182	俱舍要義	楊白衣　著	200
1183	佛說梵網經	季芳桐釋譯	200
1184	四分律	溫金玉釋譯	200
1185	戒律學綱要	釋聖嚴　著	不零售
1186	優婆塞戒經	釋能學　著	不零售
1187	六度集經	梁曉虹釋譯	200
1188	百喻經	屠友祥釋譯	200
1189	法句經	吳根友釋譯	200
1190	本生經的起源及其開展	釋依淳　著	不零售
1191	人間巧喻	釋依空　著	200
1192	大乘本生心地觀經	圓　香　著	不零售
1193	南海寄歸內法傳	華　濤釋譯	200
1194	入唐求法巡禮記	潘　平釋譯	200
1195	大唐西域記	王邦維釋譯	200
1196	比丘尼傳	朱良志・詹緒左釋譯	200
1197	弘明集	吳　遠釋譯	200
1198	出三藏記集	呂有祥釋譯	200
1199	牟子理惑論	梁慶寅釋譯	200
1200	佛國記	吳玉貴釋譯	200
1201	宋高僧傳	賴永海・張華釋譯	200
1202	唐高僧傳	賴永海釋譯	200
1203	梁高僧傳	賴永海釋譯	200
1204	異部宗輪論	姚治華釋譯	200
1205	廣弘明集	鞏本棟釋譯	200
1206	輔教編	張宏生釋譯	200
1207	釋迦牟尼佛傳	星雲大師著	不零售
1208	中國佛教名山勝地寺志	林繼中釋譯	200
1209	敕修百丈清規	謝重光釋譯	200
1210	洛陽伽藍記	曹　虹釋譯	200
1211	佛教新出碑志集粹	丁明夷釋譯	200
1212	佛教文學對中國小說的影響	釋永祥　著	不零售
1213	佛遺教三經	藍　天釋譯	200
1214	大般涅槃經	高振農釋譯	200
1215	地藏本願經外二部	陳利權・伍玲玲釋譯	200
1216	安般守意經	杜繼文釋譯	200
1217	那先比丘經	吳根友釋譯	200
1218	大毘婆沙論	徐醒生釋譯	200

1219	大乘大義章	陳揚炯釋譯	200
1220	因明入正理論	宋立道釋譯	200
1221	宗鏡錄	潘桂明釋譯	200
1222	法苑珠林	王邦維釋譯	200
1223	經律異相	白化文・李鼎霞釋譯	200
1224	解脫道論	黃夏年釋譯	200
1225	雜阿毘曇心論	蘇　軍釋譯	200
1226	弘一大師文集選要	弘一大師　著	200
1227	滄海文集選集	釋幻生　著	200
1228	勸發菩提心文講話	釋聖印　著	不零售
1229	佛經概說	釋慈惠　著	200
1230	佛教的女性觀	釋永明　著	不零售
1231	涅槃思想研究	張曼濤　著	不零售
1232	佛學與科學論文集	梁乃崇等　著	200
1300	法華經教釋	太虛大師　著	350
1301	觀世音菩薩普門品講話	森下大圓著 星雲大師譯	150
1600	華嚴經講話	鎌田茂雄著 釋慈怡譯	220
1700	六祖壇經註釋	唐一玄　著	180
1800	金剛經及心經釋義	張承斌　著	100
1805	金剛般若波羅蜜經講話	釋竺摩　著	150

	概論叢書	著者	定價
2000	八宗綱要	凝然大德著 鎌田茂雄日譯 關世謙中譯	200
2001	佛學概論	蔣維喬　著	130
2002	佛教的起源	楊曾文　著	130
2003	佛道詩禪	賴永海　著	180
2004	中國佛教百科叢書— 經典卷	陳士強　著	350
2005	中國佛教百科叢書— 教義卷	業露華　著	250
2006	中國佛教百科叢書— 歷史卷	潘桂明・董群 麻天祥著	350
2007	中國佛教百科叢書— 宗派卷	潘桂明　著	320
2008	中國佛教百科叢書— 人物卷	董　群　著	320
2009	中國佛教百科叢書— 儀軌卷	楊維中・楊明・陳利權・吳洲著	300
2010	中國佛教百科叢書— 詩偈卷	張宏生　著	280
2011	中國佛教百科叢書— 書畫卷	章利國　著	300
2012	中國佛教百科叢書— 建築卷	鮑家聲・蕭玥著	250
2013	中國佛教百科叢書— 雕塑卷	劉道廣　著	250
2100	佛家邏輯研究	霍韜晦　著	150
2101	中國佛性論	賴永海　著	250
2102	中國佛教文學	加地哲定著 劉衛星譯	180
2103	敦煌學	鄭金德　著	180
2104	宗教與日本現代化	村上重良著 張大柘譯	150
2200	金剛經靈異	張少齊　著	140

佛光叢書目錄

◎價格如有更動，以版權頁爲準

經典叢書		著者	定價				
1000	八大人覺經十講	星雲大師著	120	1137	星雲禪話	星雲大師 著	200
1001	圓覺經自課	唐一玄 著	120	1138	禪話與淨話	方 倫 著	200
1002	地藏經講記	釋依瑞 著	250	1139	釋禪波羅蜜次第法門	黃連忠 著	200
1005	維摩經講話	釋竺摩 著	300	1140	般舟三昧經	吳立民・徐蓀銘釋譯	200
1101	中阿含經	梁曉虹釋譯	200	1141	淨土三經	王月清釋譯	200
1102	長阿含經	陳永革釋譯	200	1142	佛說彌勒上生下生經	業露華釋譯	200
1103	增一阿含經	耿 敬釋譯	200	1143	安樂集	業露華釋譯	200
1104	雜阿含經	吳 平釋譯	200	1144	萬善同歸集	袁家耀釋譯	200
1105	金剛經	程恭讓釋譯	200	1145	維摩詰經	賴永海釋譯	200
1106	般若心經	程恭讓・東初長老釋譯	不零售	1146	藥師經	陳利權・釋竺摩等譯	200
1107	大智度論	郟廷礎釋譯	200	1147	佛堂講話	道源法師 著	200
1108	大乘玄論	邱高興釋譯	200	1148	信願念佛	印光大師著	200
1109	十二門論	周學農釋譯	200	1149	精進佛七開示錄	煮雲法師 著	200
1110	中論	韓廷傑釋譯	200	1150	往生有分	妙蓮長老 著	200
1111	百論	強 昱釋譯	200	1151	法華經	董 群釋譯	200
1112	肇論	洪修平釋譯	200	1152	金光明經	張文良釋譯	200
1113	辯中邊論	魏德東釋譯	200	1153	天台四教儀	釋永本釋譯	200
1114	空的哲理	道安法師 著	200	1154	金剛錍	王志遠釋譯	200
1115	金剛經講話	星雲大師 著	200	1155	教觀綱宗	王志遠釋譯	200
1116	人天眼目	方 銘釋譯	200	1156	摩訶止觀	王雷泉釋譯	200
1117	大慧普覺禪師語錄	潘桂明釋譯	200	1157	法華思想	平川彰等著	200
1118	六祖壇經	李 申釋譯	200	1158	華嚴經	高振農釋譯	200
1119	天童正覺禪師語錄	杜寒風釋譯	200	1159	圓覺經	張保勝釋譯	200
1120	正法眼藏	董 群釋譯	200	1160	華嚴五教章	徐紹強釋譯	200
1121	永嘉證道歌・信心銘	何勁松・釋弘儒釋譯	200	1161	華嚴金師子章	方立天釋譯	200
1122	祖堂集	葛兆光釋譯	200	1162	華嚴原人論	李錦全釋譯	200
1123	神會語錄	邢東風釋譯	200	1163	華嚴學	龜川教信著・釋印海釋	200
1124	指月錄	吳相洲釋譯	200	1164	華嚴經講話	鎌田茂雄著・釋慈怡釋	不零售
1125	從容錄	董 群釋譯	200	1165	解深密經	程恭讓釋譯	200
1126	禪宗無門關	魏道儒釋譯	200	1166	楞伽經	賴永海釋譯	200
1127	景德傳燈錄	張 華釋譯	200	1167	勝鬘經	王海林釋譯	200
1128	碧巖錄	任澤鋒釋譯	200	1168	十地經論	魏常海釋譯	200
1129	緇門警訓	張學智釋譯	200	1169	大乘起信論	蕭萐父釋譯	200
1130	禪林寶訓	徐小躍釋譯	200	1170	成唯識論	韓廷傑釋譯	200
1131	禪林象器箋	杜曉勤釋譯	200	1171	唯識四論	陳 鵬釋譯	200
1132	禪門師資承襲圖	張春波釋譯	200	1172	佛性論	龔 雋釋譯	200
1133	禪源諸詮集都序	閻 韜釋譯	200	1173	瑜伽師地論	王海林釋譯	200
1134	臨濟錄	張伯偉釋譯	200	1174	攝大乘論	王 健釋譯	200
1135	來果禪師語錄	來果禪師 著	200	1175	唯識史觀及其哲學	釋法舫 著	不零售
1136	中國佛學特質在禪	太虛大師 著	200	1176	唯識三頌講記	于凌波 著	200
				1177	大日經	呂建福釋譯	200

佛光經典叢書

中國佛教經典寶藏
精選白話版・勝鬘經

總監修 星雲大師
發行人 佛光山宗務委員會
心定和尚 慈莊法師 慈惠法師 慈容法師 慈嘉法師
依嚴法師 依恒法師 依空法師 依淳法師
一九九七年九月初版
一九九九年九月初版三刷

總編輯 慈惠法師 依空法師(台灣)；王志遠 賴永海(大陸)
總連絡 吉廣輿 王淑慧
釋譯者 王海林
美術編輯 陳婉玲
法律顧問 蘇盈貴 舒建中 毛英富律師
出版者 佛光文化事業有限公司
台北縣三重市三和路三段一一七號 ☎(〇二)二九八〇〇二六〇
E-mail:fgce@ms25.hinet.net
網址：http://www.foguang-culture.com.tw/
高雄縣大樹鄉佛光山寺(高雄辦事處) ☎(〇七)六五六四〇三八—九
流通處 佛光山寺
高雄縣大樹鄉佛光山寺 ☎(〇七)六五六一九二一—八
佛光書局
高雄市前金區賢中街二七號 ☎(〇七)二七二八六四九
台北市忠孝西路一段七二號九樓之十四 ☎(〇二)二三一四四六五九
台北市汀州路三段一八八號二樓之四 ☎(〇二)二三六五一八二六
台北縣三重市三和路三段一一七號 ☎(〇二)二九八四九五二三
定價 二〇〇元
印刷 沈氏藝術印刷股份有限公司 ☎(〇二)二二七〇六一六一
郵政劃撥第一八八八九四四八號 帳戶：佛光文化事業有限公司
行政院新聞局出版事業登記證局版台省業字第八六二一號

國家圖書館出版品預行編目資料

勝鬘經／王海林釋譯. --初版. --臺北市
：佛光, 1997〔民86〕
面；　公分. --（佛光經典叢書；1167）
《中國佛教經典寶藏精選白話版；67》
參考書目：面
ISBN 957-543-578-8（精裝典藏版）
ISBN 957-543-579-6（平裝）

1.方等部

221.32　　86006079